鳥人王

Athlete Comedian

額賀澪

光文社

鳥人王

contents 目次

装幀　bookwall
装画　わじまや さほ

第一話

そのポール、十万するんで折らないように気をつけて

1

「あ、落ちましたね」

スマホの画面を見下ろす自分の声に何の感情もこもっていなくて、どうしてくれようかと思った。莢《さや》ごと齧《かじ》った枝豆には、中身がなかった。青臭く渋い汁が染み出ただけだった。

「え、出たっ？　うちの名前あったっ？」

慌ただしくビールジョッキを置いた返田《そりた》が、ズボンのポケットからスマホを出そうとばたばたし出す。御子柴陸《みこしばりく》はスマホをスクロールし、返田のエントリー番号を探した。

「あ、ありましたよ。ドクダミ薬味《やくみ》、一回戦通過です」

ほい、とスマホを見せてやると、返田は飛びつくように陸の手をグイッと摑《つか》んだ。食い入るように、自分が組んでいる漫才コンビの名前を見つめる。

「おおっ、あるじゃーん。よかったあ……！」

胸を撫《な》で下ろした返田は、そのままべたついたカウンターに突っ伏した。夕方五時の居酒屋は客も少なく、返田の安堵《あんど》の声に店の奥にいた店員がぴくりとこちらを見た。最近薄くなってきた返田の前髪が醤油《しょうゆ》皿に入りそうだったから、さっとどかしてやる。

「おめでとうございます。二回戦も頑張ってくださいね」

「ありがとうな～御子柴ぁ。お前達の分まで頑張ってくるよ」

スマホをスクロールした。そこには五十組近いお笑いコンビの名前が一覧になっている。陸が高校時代からの友人・富永英樹《とみながひでき》とコンビを組む〈パセリパーティ〉の名前の横には、はっきり〈落選〉と書いてあった。返田の「ドクダミ薬味」の横には〈通過〉とある。

クリスマスに決勝戦が開催される若手芸人対象の漫才コンテストの一回戦――プロもアマチュアも、本気の者もお遊び参加の者もごった煮の初戦は、その年の夏から開催される。総勢九千組近いお笑い芸人が年末の決勝を目指してしのぎを削るのだ。

陸のパセリパーティも、返田のドクダミ薬味も、今日の午後に揃《そろ》って一回戦に挑んだ。

今年で二十回目を迎えるコンテストは、一般人にとっては年末の風物詩だろうが、一回戦・二回戦落ちの常連である芸人にとっては、夏の季語のようなものだ。夏に挑んで、夏に散る短い夢だ。

「優勝したら奢《おご》ってくださいね」

何せ、優勝賞金は一千万円だ。ファイナリストになれればテレビで漫才ができる。優勝できなくとも、それをきっかけに売れっ子になれる可能性だってある。

「優勝なあ、できたらいいよなあ……」

やっと顔を上げた返田は、無理だな、という目をしていた。返田は今年三十九歳だ。コンビニで夜勤のアルバイトをしながらお笑い芸人として生きていくのを、年相応の真っ当な生き方と見てもらえる年齢ではない。

それは、三十歳を迎えたばかりの陸にも言えたことではないのだが。

返田も陸も、一回戦を通過したくらいで輝かしい夢を描けるほど若くないし、そもそも陸のパセリパーティは一回戦落ちしている。

「頑張ってくださいよ。年末、テレビでドクダミ薬味の漫才、見たいですよ」

「ありがとよ〜。俺はいい後輩に恵まれてるよ。こうやって一回戦のあとにおじさんの飲みに付き合ってくれるし」

返田はひょろ長い体を折り曲げるようにしてスマホを弄《いじ》り出した。相方である長井《ながい》に「二回戦も頑張ろう」とメッセージを送っているのだろう。一回戦が終わったら毎年ドクダミ薬味の二人とは飲み会を開いているのだが、今日は返田の相方である長井が、どうしてもバイトを抜けられなかった。

バイト中だろうに、長井はすぐに返田に返事を寄こしたようだ。何を誓い合ったのか、返田はにんまりと笑って、「ビールお代わり！」とカウンター越しに元気よく注文した。

「御子柴も、富永に連絡したら？」

陸の相方である富永も、一回戦のステージが終わると早々にバイトに行ってしまった。彼の場合は、純粋に金を稼ぎたいから。働きたいから。

「いいですよ。落ちましたし、向こうはせっせと働いてる最中でしょうし」

「富永、最近バイトしすぎじゃないか？　ネタ作りもネタ合わせも全然できてないだろ。しかも、メインでネタ作ってるのは御子柴じゃなくて富永だし」

「バイトリーダーまでやってるし、完全に居酒屋バイトが本業ですよ」

芸人では食えないからと始めたバイトが、いつの間にか生活の大部分を占め、いつしか芸人としての自分を食ってしまう。芸人をしながらバイトをするのではなく、フリーターをしながら芸人をするようになる。そういう人間は、二十代の間にたくさん見てきた。

まさか、自分の相方がそうなるとは思わなかったけれど。

「いいのか？」

柄にもなく、返田がこちらを気遣ってくる。新しいビールを呷《あお》りながらも、声色はこちらを心配している。三十九歳の売れないお笑い芸人ではあるが、いい人なのだ。

今の事務所に加入したばかりの陸と富永に、「君ら、パセリパーティっていうの？　俺、ドクダミ薬味のヘンダーソン返田！」と自己紹介してきたときから。パセリと薬味で親近感が湧いたと、近所のせんべろ居酒屋に飲みに連れていってくれたときから。返田はずっとよき先輩だった。

「食えないんですから、バイトするなとも言えないですよ」

「それはそうだけどさあ……それでネタの質が落ちちゃったら、元も子もないじゃん」

そうなんですけど……言葉を濁し、返田の心配をかわし、烏龍茶《ウーロン》のお代わりを頼んだ。

返田と二人で飲んでもそう盛り上がらず、夜七時前には結局お開きになった。

ビールをがぶがぶ飲み、「三十五を過ぎるとすぐ胃がもたれるな」と言いながら唐揚げを一皿平らげた返田を尻目に、陸は枝豆とゴマ豆腐と焼き鳥を五本食べただけだった。焼き鳥はモモもネギマも鶏皮も頼まず、鶏ささみとウズラの卵、それもタレでなく塩で。

居酒屋は誘惑が多い。脂っこいもの、糖質が高いものばかりだし、それらはどれも美味《うま》い。何よりアルコールがいけない。アルコールは筋肉を分解し脂肪をつけるホルモンが分泌される、なんて話を聞いて、居酒屋では烏龍茶しか飲まなくなった。

返田とは途中まで電車が同じなのだが、陸は新宿《しんじゆく》から自宅のある阿佐ケ谷《あさがや》まで走って帰った。数百円とはいえ電車賃が浮くのと、単純にトレーニングとしてちょうどいいから。

阿佐ケ谷駅に着いたら、駅前のフィットネスジムに駆け込んだ。二十四時間利用可能な上、月額一万円で全国にある支店のどこでもトレーニングできる。

といっても、料金を払っているのは陸自身ではない。

顔馴染《なじ》みの受付スタッフに一礼し、更衣室でウエアに着替えた。空き時間に最寄りのジムに行けるよう、リュックサックにはいつもウエアとシューズを入れている。

新宿から走って来たおかげで体は温まっているから、軽くストレッチをしてから、フリーウエイトエリアに向かった。いつも通りベンチプレスから始めることにする。バーベルの重さは、無理をせずに40キロ。怪我《けが》をしたら、明日《あした》以降の仕事に支障が出てしまう。

午後八時を過ぎると、会社帰りの利用者でフリーウエイトエリアが混み合ってきた。先週トレーナーにアドバイスされた通りプランクとクランチをやって、最後はトレッドミルで一時間ほど走って帰ることにした。

トレッドミルのテレビを点《つ》けると、何の偶然か、はたまた皮肉か、自分の顔が大写しになっていた。気まずさにすぐチャンネルを変えたが、数分後に隣でウォーキングを始めた中年女性が、陸が出ている番組を点けた。

日曜日の午後八時から放送されるこの番組は「アスリートChallenge（通称アスチャレ）」といい、この夏で放送開始三年目を迎えるスポーツバラエティだ。

その名の通り、スポーツが得意な芸人がアスリートと競技で対決したり、マイナー競技にチャレンジしたり、アスリートの卵である中高生の夢をサポートしたりといった、健やかで爽やかで、ちょっと暑苦しい、日曜の夜に見るにはちょうどいいバラエティ番組だ。

御子柴陸は、放送開始時から三年間、この番組にレギュラー出演している。

放送されているのは三ヶ月ほど前に収録した回だった。来月開催されるラグビーワールドカップ2023に合わせ、番組レギュラー陣と高校ラグビーのチャンピオンが対決するという内容だ。

高校生とはいえ日本一に輝くチームに素人が敵《かな》うわけがなく、陸達は彼らにタックルで吹っ飛ばされ、ジャッカルでボールを奪われ、グラウンドをアザラシのようにゴロゴロ転がって、最終的に意地で1トライをもぎ取ってコーナーは終わる。

視聴者はラグビーのルールと見どころを知り、「ラグビー選手ってすごいねー！」と感心し、「芸人も結構頑張ってたね」「九月にワールドカップが始まるんだね」などと家族と一緒に笑い合い、月曜日を迎える。また一週間頑張ろう、なんて思いながら。

現在開催中のブダペスト世界陸上の前には、陸上選手とレギュラー陣が対戦するコーナーが一ヶ月にわたって放送された。陸は競歩の東京オリンピック金メダリスト・蔵前修吾《くらまえしゅうご》と10000mで勝負した。彼は競歩で、陸は走りで。

隙間時間を見つけては都内を走り回っていたおかげで、序盤は陸がリードしていた。だが、5000mを越えたあたりでペースがガクッと落ち、ラスト一周に入ったところで蔵前に「お先に～♪」と追い抜かれた。結局、金メダリストはそれまで全く本気で走って……歩いてなかったのである。

陸は顎の上がった無様な状態でゴールし、そのままグラウンドに倒れ込んだ。芸人らしい面白いことなど一言も言わなかったし、やらなかった。だがそれでいい。視聴者は「本気で走った芸人より速く歩くなんてすごい」と驚くのだ。

真剣にスポーツをして、真剣に勝った負けたをする。アスリートのすごさをお茶の間に見せる。それがアスチャレだ。「芸人は最後に負けろ」という台本すらない。勝てるなら勝て、それもまた面白い。これが番組プロデューサーの口癖なのだ。

このジムの利用料を番組が持ってくれるのも、陸が毎日ここで体を鍛えるのも、そのためだ。

息を吸うたび、肺に鈍い痛みが走るようになってきた。走行距離を確認したらもう10キロを超えている。ゆっくり速度を落とし、十五分ほどウォーキングして、トレッドミルの電源を切った。

スポーツドリンクを呷っていると、隣をゆったり歩いていた女性も足を止めた。ふう、と息をついてこちらを見たと思ったら、「んんんんっ??」と陸の顔を覗《のぞ》き込む。

さっきまで見ていた番組で、高校生にタックルされて悲鳴を上げていた男が目の前にいたら、そうなるか。

「えっ、御子柴さんじゃないですか！」

声は大きく響いたが、気にする人は多くない。常連客はこのジムを御子柴陸が——テレビでたまに見るスポーツが得意な芸人が利用していることを、よく知っているから。

「……ど、どうも」

「す、すごいですね。タックル、痛くなかったですか？」

「まあ、こうやって毎日鍛えてますんで、怪我はしないですよ……」

歯切れ悪く答えたら、女性は「いつも観《み》てます。頑張ってください」と一礼して去っていった。そんなものだ。握手や写真撮影を求めるほどの〈好き〉や〈興味〉ではない。

アスチャレ放送当初、陸のテロップには「パセリパーティ御子柴」と書いてあったのだが、いつの間にかフルネームの「御子柴陸」の上に、パセリパーティと小さく添えられるだけになっていた。

それでも、陸にとって唯一のテレビ番組のレギュラーだった。アスリートChallengeがなくなったら、芸人としての仕事など碌《ろく》に残らない。

水道代とガス代を節約するためにジムでシャワーを浴びて、髪もドライヤーでカラカラに乾かしてから、家に帰った。

＊

「御子柴よ、仕事の話だ」

渋谷《しぶや》のスタジオでアスリートChallengeの収録（スタジオでロケ映像を見てリアクションを取るだけの、体力的には楽勝な仕事だった）を終えた直後、番組プロデューサーの綿《わた》貫《ぬき》に呼び止められた。

「次も頼りにしてるよ」

真っ赤なフレームの眼鏡《めがね》をかけた綿貫は、大振りなタブレットを手に陸を手招きした。同い年くらいに見えるのに、この綿貫紅一《こういち》は三十七歳で、返田と二歳しか違わない。なのに見た目の若々しさも髪の量も段違いだ。

「次は何ですか？　セパタクローですか？　アルティメットですか？」

「ははは、俺が単調にマイナー競技ばかり攻めるわけないだろ。ま、俺ならアルティメットよりもペサパッロで企画を立てるね」

「……ペ？」

「ペサパッロ。フィンランドで独自進化した野球。ホームベースの近くだけが三角で、残りは長方形っていう変わったフィールドでやるんだ。三塁にいる走者はクラウチングスタートでホームベースに走っていく」

「それ、どこまで本当ですか？」

「全部本当だよ。いつかフィンランドのチームとアスチャレ芸人で対戦しようぜ」

綿貫はアスチャレを立ち上げた人物でもある。スポーツに異常なくらい詳しく、スポーツに興味のない恋人をデートがてら陸上の日本選手権観戦に連れ出して振られた、という噂《うわさ》もある（しかも四日間フル観戦だったとか）。

綿貫は近くの会議室のドアを開けた。アスチャレの控え室は大部屋で、収録の前後は小学校の教室みたいに騒がしい。二人でじっくりということは、本当に新しい企画の話のようだ。

「御子柴さあ、何か気になってるスポーツある？」

新しい企画の話をするとき、綿貫は決まってこう言う。「世の中の人は常に今気になっているスポーツがあるものだ」みたいな顔で。

「綿貫さん、次はクリケットじゃないんですか？」

今年の十月にインドでクリケットのワールドカップがある。クリケットにワールドカップがあることすら陸は知らなかったが、綿貫は当然のように「ラグビーの次はクリケットのワールドカップだぞ？」とアスチャレ芸人がクリケットに挑む企画を推し進めた。

世界陸上の頃は陸上、世界水泳が開催されれば水泳、甲子園の季節には野球、サッカーのワールドカップが始まればサッカー、冬はウインタースポーツ、箱根《はこね》駅伝が終われば優勝チームと駅伝対決……陸の仕事はそうやって回っている。

世の中はこんなにもスポーツイベントであふれていたのだと、陸はアスチャレのレギュラーになって知った。

「クリケットはクリケットでやるよ。だがお前は棒高跳だ」

「……棒高跳？」

またえらいメジャーな……と言いかけて、ペサパッロやクリケットで麻痺《まひ》した自分の感覚に、一発平手打ちを入れる。

「今、棒高跳って聞いて、競技中の〈画《え》〉が浮かんだだろ？　細長い棒をぐにゃんと曲げて、高いところに置かれたバーを選手が跳び越えるんだ」

綿貫の眼鏡のレンズが、ゆらりと揺れるように光った。真っ赤なフレームのせいか、腹に何か抱え持っているような、不敵な笑みに見える。紅一という名前を意識して赤いフレームなのだろうとレギュラー陣は思っているが、本人に聞いたことはない。

「ええ、ぼんやりとイメージはできます」

「そうそう、それが一般人の感覚。ペサパッロに比べたら、どんな競技なのかイメージできる。でも、ちゃんと観たことはない。男子１００ｍで9秒台が出るのはすごいことだとわかるけど、男子棒高跳で何メートル跳んだらすごいのかは知らない」

そう言われれば、そうだ。

「ぼんやりとは知ってるけど、詳しくは知らない。気づいていない魅力がたくさんあるはずなんだよ。そんな競技にアスチャレ芸人が挑んで、面白さを視聴者に伝えるんだ。棒高跳、やり投げ、円盤投げで迷ったんだけどさあ、御子柴なら棒高跳でいい線行けると思って、棒高跳で行くことに決めたわけ」

「いや、俺、棒高跳やったことないですよ？」

運動系の部活も、中学までしか経験がない。ただ、子供の頃から運動だけは得意だった。走る、跳ぶ、投げる、蹴る。大概のものはすんなりこなすことができる。

三年と少し前。アスチャレの出演者オーディションに合格したのだって、そのおかげだ。50m走、遠投、１５００m走、走幅跳、それに水泳を加えた地獄のスポーツテストだった。三十人近くが受けて、合格したのは陸を含めて六人だった。

「御子柴、小学生の頃に体操教室に行ってたんだろ？　中学は陸上で短距離走ってたんだろ？」

「でも、うちの中学の陸上部は棒高跳をやってる部員もいなかったし」

「そりゃあそうだ。中学の部活で棒高跳に自然と巡り合えるなんて、群馬とか静岡とか、棒高跳が盛んな県くらいだよ」

なんで群馬と静岡……？　とここで聞くのは話の腰を折りそうなので、やめておく。

「俺が思うに、体操と短距離走の経験は棒高跳と相性がいいはずだ」

そこで！　と高らかに声を上げ、綿貫はタブレットをドンと陸の前に置いた。

「パセリパーティ御子柴の、目指せ、棒高跳でマスターズ優勝、かっこ仮！」

タブレットの画面には、綿貫が言ったのと同じ「パセリパーティ御子柴の〝目指せ！

棒高跳でマスターズ優勝！〃（仮）」と赤と黄色の極太のフォントで書いてあった。コンビ名の部分が、可哀想《かわいそう》なくらい文字サイズが小さい。

どうやら、これが今回の企画名らしい。

「マスターズ陸上って、要はプロじゃない人間が競い合う陸上の大会ですよね？」

「そうそう。年齢ごとに五歳刻みでクラスが設定されてて、同年代の人間と一緒にスポーツを楽しんでいくための場所だ」

綿貫がタブレットをスワイプする。マスターズについて写真付きで解説されていた。

「マスターズの参加資格は満十八歳以上であることのみ。競技成績は必要ない。陸上なら100m走、800m走、10000m走、ハードル、障害、競歩、走幅跳、棒高跳、ハンマー投げ、十種競技などなど、好きな種目に挑むことができる。記録を目標にする者もいれば、健康維持や仲間作りを求める者もいる。記録を競い合う競技会だってある」

そう語る綿貫は意気揚々としていた。好きなものの話を存分にしている人の顔だ。

「マスターズは都道府県ごとに連盟があって、競技会も一年中開催されてる。御子柴には棒高跳で、マスターズ陸上の競技会で一位を目指してほしい」

綿貫がタブレットの企画書を捲《めく》っていく。彼の説明通りのことが書いてあった。

「その競技会ってのは、何でもいいんですか？　都道府県予選を勝ち上がって全国大会で優勝しろ、とかでなく？」

「そもそも、全日本と銘打った競技会でも、参加資格は連盟に登録してるかどうかだけだからな。マスターズの競技会に、甲子園やインハイみたいな大会レベルの序列はない」

だが――にやりと笑った綿貫は、企画書の次のページを陸に見せてきた。

〈2024年7月、パリオリンピック開催！〉

〈オリンピックスペシャルに合わせて、アスチャレ芸人がオリンピック候補選手と棒高跳にチャレンジ！〉

〈アスチャレ芸人はマスターズでの優勝を、オリンピック候補選手はパリを目指す！〉

〈汗と涙の一年間密着ドキュメンタリー！〉

……そんな華やかな言葉ばかりが並んでいた。

「来年、パリオリンピックに合わせて二時間の特番を組む。撮れ高次第だが、丸々二時間、お前が主役だ」

「ここに書いてある、オリンピック候補選手というのは？」

よくぞ聞いてくれたとばかりに、綿貫は企画書をさらに捲る。そこには、棒高跳の棒を構えた若い男の写真があった。

「この犬飼優正《いぬかいゆうせい》って子、わかる？」

「いえ、全然」

「えー、今年の日本選手権、観てないわけー？」

日本選手権をまるで紅白歌合戦みたいに言わないでほしい。

「犬飼優正はね、慶安《けいあん》大学の三年生。陸上部の棒高跳選手。自己ベストは大学一年のときに出した5m76。この前の日本選手権はちょっと調子が悪くて、ブダペスト世界陸上の出場を逃してるんだけど、去年は日本選手権、U20の世界選手権でも入賞してる」

「えーと、要するに、パリオリンピックの日本代表有力候補?」

「その通り。しかもご覧の通り、なかなかの美男。ルッキズムはいかんいかんと言いつつもさあ、やっぱり顔がいい人間って男も女も関係なく見入っちゃうよな」

確かに、写真に写る犬飼優正は、目鼻立ちが非常に整っていた。アイドルグループにいたら、キラキラしてなくて地味だけど、よく見たら恰好《かっこう》いいと人気が出るタイプ。お笑い芸人だったら間違いなく女性ファンがたっぷりつくタイプ。

「この大学生と一緒に俺が棒高跳の練習をして、彼はパリオリンピックを、俺はマスターズの競技会での優勝を目指す、と?」

「恐らく、犬飼は来年の日本選手権で参加標準記録を突破することを目標にするはずだ。御子柴には、同じ時期のマスターズ競技会を目指してもらう」

綿貫の脳内でどんな特番がイメージされているのか、三年も彼の番組に出演していたら嫌でもわかる。

陸が棒高跳を一から学び、ルールや見どころを視聴者に伝え、犬飼がアスリートのすごさを見せつける。陸がマスターズでそこそこの成績を出すことで視聴者は「売れない芸人も結構やるじゃん」と感心し、犬飼がオリンピックの日本代表の座を手にして感動する。筋書きは出来上がっている。あとは、陸がそれを実現するために、一年間励むだけだ。

「わかりました」

「お、やってくれる？」

「お前が主役の特番だって言われて、引き受けない芸人はいないですよ」

正確には主役は犬飼で、陸はそれを引き立てる役だろうが、そんなことはいちいち気にしていられない。

「でも、アマチュアの大会とはいえ、優勝の保証はできないですよ？」

「大丈夫だよ、御子柴ならできる。アスチャレで証明してきただろ、パセリパーティ御子柴の身体能力を」

アスチャレのオーディションに受かって最初に与えられた企画は、富士山頂に向かって標高差約１５００ｍを駆け上がる富士登山競走だった。参加したアスチャレ芸人の中で唯一、陸は完走した。

その後に起用されたのは津軽《つがる》海峡横断リレー。三人のアスチャレ芸人で十時間かけて40キロを泳ぎ切った。

次は趣向を変えて社交ダンスのコンクールで優勝を目指すというものだった。フィギュアスケートでトリプルアクセルに挑め、ドッジボール日本一の小学生チームに勝て、競馬学校に体験入学しろ……綿貫の立てる企画に沿って、何だってやってきた。年に一度、山の日に合わせて中央アルプスの山々を登らされるのにも、すっかり慣れてしまった。

「面白くなるように、今回も頑張ります」

それは、お笑い的な面白さではなく、スポーツバラエティとしての面白さだけれど。

控え室には何人か芸人が残っていた。ケータリングのお菓子やジュースを摘《つ》まみながらだらだらしている。

アスチャレのレギュラー芸人には売れっ子もいれば、陸のようにここにしか芸人としての仕事がない人間もいる。残っているのは後者の芸人ばかりだった。

「綿貫さんから新しい企画の打診か？」

ペットボトルのお茶を酒のようにグビグビ飲みながら、同い年の沢渡《さわたり》が聞いてくる。学生時代は柔道で全国大会に出場しただけあって、格闘技系の企画では大活躍の逸材だ。

「次は棒高跳だってさ」

部屋の隅にぽつんと置かれたリュックサックに荷物をまとめながら、陸は肩を竦《すく》める。

高所恐怖症の沢渡は「うへー」と顔を顰《しか》めた。

「あれ、危なくないか？　失敗したら結構な高さから落ちるだろ」

「何メートルだろ。３ｍくらい？」

他の芸人達に「棒高跳に詳しい奴《やつ》いるー？」と聞いてみたが、反応はない。アスチャレ芸人は、ほとんどが十代から大学時代にかけて何かしらスポーツに取り組んでいた人間ばかりだ。誰からも反応がないあたり、陸上競技の中ではマイナーな方に入るだろう。

そういえば、犬飼の自己ベストは５ｍ76だと綿貫が言っていた。どれくらいか……と想像してみたが、ビルの何階に相当する高さなのかすら、想像がつかなかった。

「怪我はするなよ。ニュースになったら、その時点でお蔵入りだ」

「わかってるよ。せっかく練習したのにお蔵入りなんて、最悪だ」

荷物をまとめ、芸人達に「それじゃ、次の収録で」と挨拶し、控え室を出た。ドアの側《そば》に置かれたケータリングのお茶とサンドイッチを拝借し、廊下ですれ違ったＡＤに一礼して、スタジオを後にする。

二時間特番の主役……とは言わないまでも、メインを張れる。ありがたい企画だ。滅多に顔を合わせない事務所のスタッフも、詳しく話を聞いたら飛び上がって喜ぶだろう。

スタジオを出て、渋谷から電車に乗るか少し迷い、代々木《よよぎ》公園を突っ切る形で新宿まで走ることにした。代々木公園の木陰も虚《むな》しく、額と背中にあっという間に汗を掻《か》く。それでも一定のリズムで、呼吸で、淡々と走り続けた。

綿貫の企画書には、パリオリンピックまでの密着ドキュメンタリーと書いてあった。今は八月で、オリンピックは来年の七月開幕。一年がかりのプロジェクトだ。棒高跳にどんなトレーニングが必要かわからないが、ジョギングと筋トレだけはしておいて損はない。

あと一年、芸人を続けられるのだから。

三十歳までに芸人として芽が出なかったら諦めよう。そんなふうに思っていたはずなのに、また、やめるタイミングを失ってしまったのだから。

2

「狐塚《こづか》先生が開発している棒高跳のポールですが……ズバリ、このポールで日本選手は金メダルを狙えると思いますか？」

十歳近く年下に見えるインタビュアーの女性を前に、狐塚翠《みどり》は溜《た》め息を懸命に堪《こら》えた。

かしゃり、かしゃりとカメラマンが翠の横顔を写真に収めている。笑顔を無理矢理保ったまま、「あのですね……」と翠はお決まりの説明を開始する。

今日の雑誌取材に備えて、編集部には大量の資料を送っておいたのに。インタビュアーである彼女はそれを読んでないのだろうか。読んだ上でこんな質問をしてくるのか。

資料を完全になぞる形で説明を続けると、インタビュアーのテンションが明らかに下がっていった。ＳＮＳ映《ば》えする食べ物を目当てにカフェに足を運んだら、思ったより地味な実物が運ばれてきてガッカリ……そんな顔。

一時間の取材を終え、彼女達を校舎の出入り口まで見送ってから、翠はこっそり地団駄を踏んだ。幸い、通りかかる人はいなかった。

「取材対象者の、研究内容くらい、過去のインタビューくらい、確認してから来い！」

翠が理工学部の出身で、大学時代からスポーツ工学を専門にしていて、数年前まで競技用車いすの開発プロジェクトに携わっていたこと。去年から棒高跳のポール開発をスタートさせたこと。大学まで陸上部で、棒高跳の選手だったこと。チョコレートと鶏レバーが好物なことまで調べてあるのに、何故《なぜ》、肝心の研究の中身に興味がないのか。

大きく息を吸って、吐いて、校舎の二階にある研究室に戻った。

「あ、狐塚先生、日東《につとう》テレビの綿貫さん、もういらっしゃってますよ」

研究室の一角に鎮座する３Ｄプリンターを睨《にら》みつけていた院生の門脇《かどわき》が、「三階の会議室にお通ししてます」と天井を指さす。

「ああ～そうだ、四時からそっちもあったんだった」

自分のデスクの引き出しを開けたが、ちょうどいい茶菓子がなかった。仕方なく、仕事の合間に摘まむために買っておいた石チョコの小瓶を引っ摑み、冷蔵庫からペットボトルのお茶を二本出して、三階へ急いだ。

会議室のドアを開けると、綿貫紅一は自分の家かのようなリラックスした様子でノートPCを叩《たた》いていた。ここ、慶安大学は彼の母校ですらないのに。

「ごめん紅一、遅くなった」

「全然いいよ〜。翠ちゃん、俺と違って忙しいから」

へらへらと笑うこの男は在京テレビ局でプロデューサーを務めている。決して暇人というわけではないだろうに。

「眉間に皺《しわ》が寄ってるけど、取材でそんなに不愉快な質問されたわけ？」

ＰＣから一度も視線を外していないのに、紅一はそんなことを言って笑った。向かいの椅子に腰を下ろしかけ、翠は勢いよくテーブルに両手を突いた。

「皺、寄ってる？」

「寄ってる寄ってる。痕がつく前に伸ばした方がいいよ」

眉と眉の間にぐいっと親指を這《は》わせながら、翠は「だってさあ」とキャスター付きの椅子に崩れ落ちた。

「あの人達、私が開発してるポールを、すごい記録がバンバン出せる魔法のポールだと思ってるんだよ？　今日だけじゃない。この前の雑誌記者も、この前のウェブニュースの記者も、みーんなそう！」

「確かに、棒高跳のポールを研究してると言われたら、従来品より高性能なものを作ろうとしているとまず考えるよね」

「そうじゃないって説明したらしたで、『なーんだ、期待はずれ』って顔して！」

思い返せば、最初の取材がいけなかった。「女性研究者がスポーツ用具を開発している」という情報に何らかの〈映え〉を期待したメディアの依頼を、気軽に受けてしまったから。

石チョコの瓶を開け、中から転がり出てきたカラフルなチョコレートを五粒、一気に口に入れてバリバリと噛《か》み砕く。紅一が「あ、俺にもちょうだい」と手を伸ばすから、瓶ごと渡してやった。ついでに、ペットボトルのお茶を彼の手元へ滑らせる。

普通の来客だったら、まさかこんな対応はしない。テレビ局のプロデューサーである前に、彼は翠の高校の後輩で、中学の後輩で、何なら小学校の後輩で……要するに、三歳くらいから付き合いのある幼《おさな》馴染みなのだ。

「仕方がないっちゃ、仕方がないんじゃない？　大学の先生が……あ、この場合は、〈女性が〉ってのもポイントなんだろうけど、女性研究者がすごいポールを作ってると思って来たら、普通のポールを普通に作ってるって説明をされちゃ、俺達マスコミはどうやって特集すればいいのか困っちゃうから」

けらけら笑いながら、紅一は石チョコを三粒、ぽんと口に放り込む。

「その結果、研究と関係のない〈美人女性研究者〉なんて見出しが出てくるんだよね」

「やめてよ。想像したら鳥肌立ちそうになった」

「でも、俺はそんな翠ちゃんの手助けになるかも」

ニヤリと笑ったその顔は、高校時代に「翠ちゃん、俺も棒高跳やってみたい」と陸上部にやって来たときと同じだ。「翠ちゃん、俺、陸上部やめるわ」と言ったときとも、同じ。

「送ってくれた企画書、見たよ。うちの陸上部とアスチャレがコラボするんでしょ？」

翠の勤める慶安大学の陸上部はなかなかの強豪で、現在は棒高跳の大学日本一の犬飼優正が在籍している。来年のパリオリンピック日本代表の有力候補だ。

そんな犬飼のいる陸上部でアスリート芸人・御子柴陸が棒高跳の練習をし、マスターズの競技会で優勝を目指すという企画らしい。

「うちの御子柴にさ、翠ちゃんのポールを使わせようと思う」

それについても、企画書には書いてあった。アスリート芸人が練習するのに合わせ、翠もポールの開発者として出演し、彼にポールの構造や製造工程を解説する。

そして、翠が開発しているポールを使って、棒高跳をする。

「もちろん、俺は翠ちゃんの作ろうとしてるポールの役割はわかってるつもりだよ。だから、番組の中でちゃんとそれは伝える。『このポールは大記録を出すための魔法のポールにあらず。棒高跳人口を増やすためのポールだ』ってね」

棒高跳人口を増やすためのポール。ああ、さっきの取材で、そう言えばよかったんだ。

紅一は昔から、〈言語化〉が上手《うま》かった。みんながまだ言葉にできていない感情や雰囲気を、わかりやすくキャッチーな言葉に変換して披露する。大学時代に広告コピーのコンテストで社会人に交じって賞を獲《と》ったのも、テレビ局に入社してからトントントンとプロデューサーに上り詰めたのも、それが活《い》きたのだと思う。

「確かに、私が作ろうとしてるのは、〈棒高跳人口を増やすためのポール〉だ」

日本の棒高跳人口は、決して多くない。どれくらい〈多くない〉かというと、ポールを製造するメーカーが国内に存在しないくらいに。

棒高跳をやろうとしたら、小学生だろうと実業団に所属するアスリートだろうと、輸入品を買うのだ。海外製のポールを取り扱う国内のスポーツメーカーに注文し、在庫があればすぐに出荷されるが、なければ何週間もかけて船で運ばれてくるのを待つ。

棒高跳のポールは、長さはもちろん、材質によって硬さや曲がり方、反発の強さが違う。選手は実際に跳んでみなければ自分に合うポールかどうかわからない。

国際大会に出場する選手だって何本ものポールを持っているし、跳躍能力が向上するのに合わせ、ポールをどんどん替えていく必要がある。

なのに、日本の選手はポールを一本手に入れるにも時間がかかり、海外から取り寄せれば、ただでさえ安くないポールはさらに高額になる。

高額だからぽいぽいとポールを買い換えられず、合わないポールで跳び続ける選手。ひびが入ったり割れていたり、明らかに安全上問題のあるポールなのに、それを使い続ける選手だっている。怖いくらい、普通にいる。

だから、翠は大学で棒高跳のポールを開発している。日本の選手のための、国産のポールだ。少しでも安く、少しでも早く手に入れられるポール。

「初めて棒高跳に触れる御子柴が最初に使うポールとして、翠ちゃんのポールは相応《ふさわ》しいと思うんだ。それに、翠ちゃんにも結構なメリットがあるでしょう?」

今、日本の棒高跳界に必要なのは、大記録を出すための魔法のポールではなく、海外の選手と同じ条件で気軽に手に入れられる国産ポールだと、翠は信じている。

「そうだね。犬飼君が出るなら、女性研究者がすごいポールを作ってるらしい、って適当な取材をされるより、いい形で知名度アップを狙える」

「それだけじゃない。日本の棒高跳の現状をわかりやすく伝えるのにも役立つと俺は思ってる。ただ面白おかしくバラエティをするのがアスチャレじゃないからね。企画で扱う以上、俺は棒高跳の普及に貢献するよ」

決して、幼馴染みとしてお情けで企画の仲間に入れてやろうと思ったわけじゃない。そう言いたげに食えない笑みを浮かべた紅一に、翠は肩の力を抜いた。

「そんなにいろんな策略を巡らせなくても、端《はな》からOKするつもりだよ。学部長とか学科長も、学内研究がテレビに取り上げられるのは大歓迎だから」

「え、マジ? やったー!」

わざとらしく喜んだ紅一は、やるべきことはやったという顔でノートPCを閉じた。

「ねえねえ、陸上部のグラウンド行かない？　犬飼優正の練習、見たいんだよね。もちろん、仕事として」

「嘘《うそ》つけ、この陸上オタク」

二十代半ばの頃、こいつが当時付き合っていた彼女をデートと言い張って日本選手権観戦に四日間も連れ出したのを、翠はよく知っている（しかも四日間フル観戦だなんて、愛想を尽かされて当然だ）。この男のクリスマス〜大晦日《おおみそか》〜正月が、フィギュアスケート、バスケ、ラグビー、サッカー、駅伝とスポーツを観続けて終わることも。

「私も行くから、外でちょっと待ってて」

紅一を置いて一度研究室に戻り、隅に転がっていた試作品のポールの山から、長さ3・75m、軟らかめのポールを一本引っ張り出した。

ロッカーに入れっぱなしだったスポーツウエアにトイレで着替え、靴も運動用のシューズに履き替えてから、校舎を出た。

運動部そのままな服装でやって来た翠に、紅一は何も言わなかった。頭の中は完全に犬飼優正の跳躍を見ることでいっぱいなようで、意気揚々とグラウンドに向かう。

山手《やまので》線の内側にある大学とは思えないくらい広大な敷地に立つ慶安大学には、陸上部専用のグラウンドもある。箱根駅伝常連の長距離チームを始め、短距離や投擲《とうてき》にも有力選手がいるが、現役生で一番目を引くのは、やはり犬飼優正だ。

近くにいたマネージャーに断りを入れ、グラウンドに入る。ブルーのタータントラックを長距離チームの選手が集団で走っていく。

その向こうに、棒高跳のバーとマットが設置されている。ちょうど、犬飼が助走路に立ったところだった。

4m以上あるポールを肩に担ぎ、わずかにしなった先端が、雨風で色褪《いろあ》せた青いタータンを擦《こす》る。彼の目線の先、40mほどのところに臙脂色《えんじいろ》の分厚いマットが敷かれ、二本の細い柱に支えられたバーが風に小さく小さく揺れていた。

跳躍の練習日とはいえ、バーの位置はそう高くなかった。だが、5mくらいの高さにあるバーを睨みつけたまま、犬飼はしばらく微動だにしなかった。

彼がふうと息をついたのが、遠目でもわかった。ポールを両手で握り締め、ぐいと持ち上げ、力強く一歩踏み込む。ポールの重さは2キロ程度で、長さも相まって相当に重く感じるのだが、犬飼は歩数を重ねるごとに加速する。

安定したストライドのまま、彼は地面に埋め込まれたボックスにポールの先端を突き刺した。

棒高跳用のマットは助走路に向かって口を開けるように一部分がえぐれていて、そこにポールの先端を入れるためのボックスというステンレス製の箱が設置される。ポールの先端にはぎゅっと圧がかかり、しなやかなポールは力強く曲がる。

ポールがエネルギーを目一杯溜め込んだ瞬間を狙って、犬飼は踏み切った。ドンという力強い足音が響き、スイングした踏切足と共に、彼の体はふわりと浮き上がる。元に戻ろうとするポールのエネルギーを使って、犬飼は跳ぶ。垂直に伸び切ったポールの先端で、犬飼の体はさらに伸び上がる。５ｍほどに設定されたバーを、彼は気持ちいいくらい余裕たっぷりに跳び越えた。

ポールを手放してからは、一瞬だ。犬飼は分厚いマットに乾いた音を立てて落ちていく。持ち主を失ったポールは、マットの上に音もなく転がる。

「物理学の集合体って感じの競技だよなあ」

入念にストレッチをする翠の横で、紅一は惚《ほ》れ惚《ぼ》れとした様子で呟《つぶや》いた。トラックの横で芝生に腰を下ろし、ただの一人のファンとして選手達の練習を眺めている。

物理学の集合体——確かにそうだ。

「そうだね。助走によって推進力を得て、ボックスに先端を突っ込んで踏み切って、推進力でポールを変形させて、上へ移動するためのエネルギーに変換する。教科書に載ってるような、わかりやすいエネルギーの変換」

助走によって生まれる運動エネルギーをポールの反発で弾性エネルギーに変え、高く跳ぶための位置エネルギーに変換する。いかにエネルギーを得て、蓄積し、変換するか。棒高跳ではそれにポールが深く関わってくる。ポールの硬さ、長さ、重さ、太さ、材質が変わるだけで、エネルギーの変換効率が変わる。

「いやあ、しかし、犬飼優正の跳躍はいいね。突っ込みからの踏み切り、踏切足のスイングから上昇姿勢も綺麗《きれい》。ポールが伸び切る瞬間の体の伸展なんて、絵になりすぎて時間が止まって見える」

あと、顔がいい。両膝に頬杖《ほおづえ》を突いてニヤリと笑う紅一に、小声で「それ、本人には絶対に言っちゃ駄目だよ」とアドバイスした。

「私もたまにしか話さないけど、結構、難しいところがあるから」

「そりゃあ、顔がいい上にあの経歴なんだから、一つや二つ捻《ねじ》れた部分もあるだろうよ」

父親が棒高跳の元日本代表で、悲劇のオリンピアンなんて言われてれば、ね。

声を潜めてそう続けた紅一に、翠はアキレス腱《けん》をじっくり伸ばしながら、コーチと話し込む犬飼の横顔を見つめた。

彼の父・犬飼優一《ゆういち》は、二〇〇四年のアテネオリンピック日本代表だった。入賞に届くような成績は残せなかったが、日本代表が決勝に残っただけでも賞賛されるべき成果だった。

オリンピック閉幕の二ヶ月後、犬飼優一は交通事故で他界した。友人の結婚式の帰り、東名《とうめい》高速で起きた玉突き事故に巻き込まれた。妻の正子《まさこ》も同乗していて、犬飼優一と共に亡くなった。

祖母に預けられていた息子だけが、一人残された。それが犬飼優正だ。

「しかもさ、父親の親友がやり投げ選手で、引退後に犬飼優正を引き取って育てたってんだから、一体何個ドラマを抱え持ってんだって話だ」

両親を亡くした犬飼は祖母の手で育てられたが、その祖母も彼が小学校に上がる前に他界している。そんな彼を引き取ったのが、父親の学生時代からの親友であり、やり投げ選手で、世界陸上出場経験もある和泉順也《いずみじゅんや》という男だった。

犬飼優一・正子夫妻が交通事故に遭ったその日、結婚式を挙げていたのが、彼だ。

結果として夫妻が亡くなるきっかけを作ってしまった彼が、どんな気持ちで、どんな葛藤を経て親友の息子を引き取ることに決めたのかは、これまで何度もテレビや雑誌で語られてきた。時には和泉の単独インタビューで、時には犬飼優正との対談形式で。

「お、また跳ぶぞ」

紅一が身を乗り出す。コーチと話を終えた犬飼が、再び助走路に向かう。今度はすぐに助走を開始し、ポールをボックスに突っ込み、踏み切り、ポールのしなる音が聞こえそうな優雅なフォームで跳躍した。とすん、とマットに落ちる姿まで絵になる。

犬飼はそう多く跳ばなかったが、一時間ほど、他の選手達が跳ぶのを二人で眺めていた。練習時間も終わりが近づき、選手達がお開きモードに入ったのを見計らって、翠はポールを抱えて助走路に走った。

「すいませーん、最後に一回、跳んでもいいですか？」

棒高跳を指導する橋本《はしもと》コーチに声をかける。教え子と話をしながら、彼は「どうぞ〜、お気をつけて」と手を振った。

翠と同い年の彼は翠のポール開発に興味を持ってくれていて、練習の合間にこうして試作品のポールで跳ぶのを許してくれるのだ。翠自身、慶安大陸上部のＯＧでもあるから、部員達も一応は快く仲間に入れてくれた。

部員達の邪魔にならぬよう、すぐに助走路に立つ。ちょうど前に跳んだ子がバーを落としていたから、バーなしのまま跳ぶことにした。

色もついていない、ロゴも入っていない、真っ白なポールを、空に向かって斜めに掲げる。上下に揺れるポールから、両腕に鈍い圧がかかる。どんなに軽量化を目指しても、４ｍ近い長さのポールは、軽々と持てるものではない。

大きく息を吸って、吐いて、もう一度吸って、助走を開始した。

加速には成功したものの、ポールの重さのせいで油断するとすぐにバランスを崩す。ボックスへの突っ込み、踏み切りのために走りながらストライドを調整せねばならないのだが、今日は上手くまとまらなかった。

ボックスにポールの先端を突っ込むと、ポールに圧がかかる。跳ね返ろうとするポールを押さえ込み、曲げる。膝のあたりがガチャついたまとまりのない踏み切りで、翠はスイングした。

視界が一瞬、空だけになる。

運動エネルギーがポールの変形エネルギーに変わり、ポールからの反発を利用して跳ぶ。ポールと自分の体がつながって、反発が位置エネルギーに変換される。体内を駆け巡る位置エネルギーに、耳の奥が熱くなった。

真っ直《す》ぐ立ち上がったポールの先端で腕を伸ばすと、視界が反転する。遥《はる》か下に見えたブルーのタータンと臙脂色のマット、芝の上に座ったままの紅一の姿が、ゆっくりゆっくり、翠の視界を流れていく。

ポールを放す。再び視界は反転し、夕焼けの気配が滲《にじ》む空だけが見えた。

そのまま背中からマットに落ちた。肩とお尻が地面に引き込まれるような強い圧のあと、一度だけ体がふわりと浮いた。

同時に、ポールの完成度を高めるにはもっと大きな力が必要だと、つくづく思った。

どれだけ試作を重ねて跳んでみても、翠の実力では限界がある。いくら高校時代にインターハイに出たことがあるとはいえ、今年三十八歳になる体は、実験のために何度も跳ぶことができない。というか怖くてできない。

陸上部の部員達も試作品のポールを練習で使い、使用感を聞かせてくれるのだが、データを取れるなら一人でも多い方がいい。アスチャレ芸人なら、一般人代表として実にちょうどいい人材だ。パリオリンピックまでの一年間、彼にポールを使ってもらい、データが取れれば、ポールの開発にも生かすことができる。

何より、テレビの力でこのポールが紹介されるのは大きい。〈棒高跳人口を増やすためのポール〉だからこそ、知名度がほしい。需要があれば供給体制を整えられるし、想定している価格よりもっと安くできるかもしれない。大学発ベンチャーとして事業化できれば、もっともっと多くの人にポールを届けられる。

端から紅一の企画には乗るつもりだったのに、マットの上で空を仰ぎ見ながら翠は改めて決心した。アスチャレに、私はポール開発プロジェクトを懸けよう。

「お邪魔してすみませんでしたー！　ありがとうございます！」

橋本コーチに礼を言って、片付けをする部員達を手伝ってから、紅一のもとに戻った。家でスポーツ観戦でもするようなリラックスぶりで、彼は長距離ブロックの選手がクールダウンするのを眺めていた。

「紅一、お待たせ。そろそろ行こうか」

あんたも試しに跳んでみる？　戯れにそう聞いてみようか迷って、すぐに叩き捨てた。聞いて、彼がどんな顔をするか。どんな顔をされても、気まずいことは間違いない。

高校時代、彼が陸上部で棒高跳を始めたのは翠がきっかけで、やめたのもまた、翠がきっかけだ。

「えー、せっかく慶安大陸上部の練習を見学してるんだから、もうちょっと見てようよ」

「もうどこのブロックもダウン始めてるじゃん」

「それを眺めるのも楽しいのに。翠ちゃん、試合そのものにしか興味ないタイプ？」

あっ、あの子、いい膨《ふく》ら脛《はぎ》してる。あっちの子は尻がいいよ。アレは走れる尻だわ。張りがいい、張りが。ぶつぶつ繰り返す紅一の腕を引っぱり、グラウンドを出た。水族館の大水槽の前から動きたがらない子供って、きっとこんな感じなのだろう。

「ねえ翠ちゃん、そのポールって、名前はないの？」

翠の抱えたポールを指さし、唐突に紅一が聞いてくる。試作品の真っ白なポールは、淡い夕日を受けて黄金色が滲んでいた。

「まだつけてない」

「それはいけないね。人に知ってもらうには、まず名前がないと。名無しのものを人はどう記憶すればいいかわからないから。わかりやすくてキャッチーなやつ、つけた方がいいよ。ていうか、テレビ的にはあった方が紹介しやすい」

「名前かあ、あんまり深く考えたことなかったよ」

棒高跳人口を増やすためのポール……棒高跳をやってみたいと思った人が、ちょっと頑張ってお金を貯《た》めれば手に入れられるポール。サッカーボールや野球道具を贈るみたいに、親が子供にプレゼントできるポール。それに相応しい名前とは、どんな名前だ。

「何だろうなあ……〈一般市民〉って意味でゼネラルとか、コモンとか？　〈当たり前の〉って意味でオーディナリーってのはどうだろ？」

「よし、〈王様ポール〉にしよう」

　こいつ、私の話をちゃんと聞いてたんだろうか。

「逆じゃんっ、誰もが手に入れやすいポールっていうコンセプトと逆じゃん」

「棒高跳の繁栄を願う、よき王様みたいなポールって意味だよ」

「な、なんかそう言われるといい名前に思えてくるなあ、腹立つ」

「ゼネラルとかオーディナリーだと、既存の外国産ポールみたいじゃん。日本っぽい名前の方がいいよ。〈王様ポール〉が嫌なら〈お殿様ポール〉にする？　庶民とか一般市民ってニュアンスにしたいなら〈二宮金次郎《にのみやきんじろう》ポール〉なんてどう？」

「……わかった。王様ポールにしよう」

　お殿様と二宮金次郎は論外だが、日本っぽい名前がいいというのは、既存品との差別化という意味でもアリだ。

　棒高跳の繁栄を願うよき王様のようなポールというのも、悪くない。棒高跳の王になれる可能性があったのに、棒高跳に出合わない人生を歩む人が多いこの国だからこそ、棒高跳の繁栄を推し進める王様が必要だ。

「いいね。じゃあ、王様ポールで決まりだ」

来るときと同様に、紅一は意気揚々と校舎へ続く遊歩道を進む。「ねえ翠ちゃん、お腹《なか》空《す》いた。飯食って帰らない？」と、こちらは何も答えていないのに、スマホで近くにある飲食店を検索し始める。昔からこういうところは変わらない。

3

「御子柴さん、テレビで見た通りめちゃくちゃいい体してますね」

グラウンドの隅でストレッチしていた陸に最初に声をかけてきたのは、棒高跳のコーチである橋本という男だった。年は綿貫と同じくらいだろうか。日に焼けた腕と足は太く逞《たくま》しく、現役選手のような雰囲気をしていた。

「いや、全然ですよ。アスチャレであれこれ手を出してるせいか、鍛え方も中途半端だろうなって思います」

「そんなことないですよ。学生だったらうちの部に入ってほしいくらいです」

お世辞だとわかってはいるが、愛想よく礼を言っておく。毎日ではないとはいえ、これから一年間、橋本には世話になる。テレビカメラも入るし、部の関係者にとっては多少なりともストレスになるはずだ。友好関係を築いておいた方がいい。

「いきなり跳ぶのは危ないですけど、それっぽいことを最初に体験してみるのはアリだと思いますよ」

　橋本はそう言って、陸をグラウンドの端にある棒高跳のマットの前に連れていった。事前にディレクターと練習初日の流れは打ち合わせされているから、大人しくついていく。

　小ぶりなカメラを一台だけ持ったカメラマンが、音もなく自分達を追う。カメラマン一人に、ディレクターが一人。アスチャレのロケはいつも少数精鋭で、練習に夢中になっているると撮られているのを忘れそうになる。多分、それが狙いなのだと思う。

「うちの陸上部には、棒高跳の選手が四人いるんですよ。五人目として、御子柴さんの活躍には期待してます」

　台本には今日の流れくらいしか書いてないのに、橋本は笑顔でテキパキと進行していく。

「今から跳ぶのが、うちの自慢のオリンピック候補ですよ」

　橋本が指さした先には、助走路に立つ一人の選手——犬飼優正がいる。本物は写真より二割増しで顔立ちが凜《りん》としていた。

　青いラインの入った白いポールを、空に向かって斜めに掲げる。黒いグリップテープが巻かれた手元に、力がこもるのがわかった。

　走り出しは力強く、とてもフラットな接地で犬飼は助走した。ポールを地面に開いた穴に突っ込むと、ステンレス特有の鈍く甲高い音が響き渡る。

翻った彼の体は、いつの間にか数メートル上空のバーを越えていた。

「たっかあ……」

思わず呟いていた。橋本が、今のバーの高さは５ｍ30だと教えてくれた。

「車輛《しゃりょう》用の信号機よりちょっと高いくらいです。信号機は５ｍなので」

「えっ、そんな高いんですか」

素のリアクションだったが、カメラマンは満足そうに陸の横顔を写していた。

「信号機かあ……信号機を棒一本で跳び越えるのか……」

「そうですね。そんなイメージでいてもらえば大丈夫です。ちなみに、５ｍ30は、マスターズのＭ30クラスの日本記録です」

マスターズは五歳ごとにクラスが分かれる。三十歳の陸は、Ｍ30クラスで出場することになる。

「それは、つまり……」

「あの高さを跳べれば日本記録タイ。もっと高く跳べれば日本記録更新です。競技会優勝も余裕で狙えます」

カメラマンの横に立つディレクターの谷垣《たにがき》を見る。陸より三歳年下で、髪の色が一ヶ月ごとに金になったりピンクになったりと慌ただしい谷垣は、満面の笑みで「狙いましょう！」とサムズアップした。今月の髪はエナジードリンクの缶みたいなライトブルーだ。

「えええっ、いや、無理だよ！　日本記録だよ？」

「行けます、御子柴さんなら狙えます！」

じゃれ合うようにたたみ掛ける谷垣に、「いやいやいや……」と頭を抱えた。どれだけ抱えたって日本記録を目指すことになるのだが、番組の導入としての演出だ。

「大丈夫ですよ！　御子柴さん、そう言いながらスケボー企画のときもフロントサイドハーフキャブオーリーを成功させたじゃないですか」

「でも、最終目標だった360ヒールフリップはマジで一回もできなかったよ！」

アスチャレは、ディレクターが出演者と絡むことも多い。大概、芸人に難解なミッションを与えて文句を言われる役だ。童顔の谷垣の強引なやり口は意外と愛嬌《あいきょう》があるらしく、ディレクターのくせに何故か視聴者から人気がある。

「今度は行けますって！　ほら、橋本コーチもこんなに深く頷《うなず》いてる！」

「何事もやってやれないことはないです。練習あるのみです。というわけで、とりあえず一回体験してみましょう」

橋本が、側に寝かせてあったポールを陸に渡してくる。いきなり実践をするのは危険だが、かといって初回から基礎練習ではテレビ映えしない。この橋本という男、テレビというものをよくわかっているようだ。

ゆっくり助走路を走り、地面に埋め込まれたボックスという金属製の箱にポールを入れてみろ。ポールを曲げようとしなくていいから、棒と一緒にマットに跳び乗るつもりでジャンプしてみろ。橋本にレクチャーを受けて、陸はポール片手に助走路に立った。

側にいた陸上部員が、ポールの持ち方の手本を見せてくれた。右利きなら右手でポールの先端付近を持ち、左手で支えて、持ち上げる。

ポールは長かった。緩やかにしなった先端が空に向かう。右の二の腕に、締めつけられるような圧がかかった。思っていたより二割増しで重い。

「そのポールで、大体2キロちょっとです。長さは3m66です。他の部員が使ってるポールは、長いやつだとそれより1m以上長くなります」

橋本の説明に、側にいた部員の持つポールを見る。確かに、陸のものよりずっと長い。

「あ、ちなみにそのポール、十万するんで折らないように気をつけてください」

いたずらっぽくそうつけ足され、「はあっ？」と声を荒らげてしまった。うちの家賃の倍じゃねえか。

「高いんですよ、棒高跳のポールって」

がははっと笑う橋本を横目に、谷垣を確認する。スカイブルーの髪は、満足そうにカメラマンの後ろをうろうろしていた。

「……家賃の倍の値段の棒で跳ぶのか」

心強いのか、心細いのか、判断ができない。

自分のタイミングでどうぞ、と橋本に言われ、陸は助走路の先のボックスを見つめた。走って、あそこにポールの先端を突っ込んで、跳ぶ。子供の頃、竹竿《たけざお》を小川に突き立てて跳び越える遊びを友達とやっていた。要は、あれができればいいわけだ。

右腕がじわじわと疲れてきた。陸はおっかなびっくり助走を始めた。先ほどの犬飼の走りをイメージし、足の裏全体で地面を蹴るように強く踏み込む。

スピードには乗ったが、ポールの先端が揺れてバランスを崩した。ああ、わかった、これは難しい。自分の運動神経が直感で気づいた。こんな長いものを持って走るのが、簡単なわけがない。

近くで見たときは大きかったはずのボックスは、小さかった。ここでスピードを緩めたら助走の意味がなくなる。迷った末、力任せにポールの先端をボックスに突っ込んだ。

ポールとボックスが擦れるガタンという音は、いびつに割れて聞こえた。ポールは曲がるどころか、陸の腕を跳ね返そうとした。

仕方なく、目一杯の力で踏み切る。体が浮き、足の裏をひゅっと風が吹き抜けた。

お遊びのような跳躍は、とても長く感じた。分厚いマットが近づいてくる。マットの向こうに、先ほど跳躍練習を行っていた犬飼優正の姿があった。

ポールを王笏《おうしやく》のように構え、じっとこちらを見ていた。

着地は軽やかだったが、マットに足を取られて前に転んだ。「うわっ！」と声を上げ、少し大袈裟《おおげさ》に前に転がってみせる。

「御子柴さん、上手いです！　ちゃんとボックスにポール突っ込めたじゃないですか」

橋本が拍手しているのが聞こえた。

顔を上げたら、犬飼と目が合った。酷《ひど》く、面白くなさそうな顔をしていた。

「わざと失敗したりしないんですね、芸人さんなのに」

収録中、競技関係者に「もっとふざけて練習するかと思った。真面目《まじめ》に取り組んでくれて嬉《うれ》しい」と感心されることは多い。

でも、犬飼の表情はそうではなかった。芸人のくせに、芸人らしいことをしないんだな――そんなふうに、こちらを小馬鹿にしていた。洗濯洗剤のテレビＣＭに今すぐにでも出られそうな、爽やかな見た目をして。

「……おふざけなしで真剣にやるのが、アスチャレのモットーですから」

ゆっくり立ち上がると、犬飼をかなりの高さから見下ろす形になった。

「ふざけてやったら、失礼じゃないですか。犬飼さん達に」

犬飼の鼻筋に、薄い横皺が走る。陸はマットを飛び降り、橋本のもとに戻った。

「御子柴さん、いい感じです。ポールを持って走るのがそもそも難しいんですけど、上手いこと助走できてました。ここから一つずつクリアしていけば、割と早く跳べますよ。マスターズの日本記録も夢じゃないです」

リップサービスがたっぷり含まれていそうだが、素直に「頑張ります！」と一礼した。

「じゃあ、改めて一緒に練習する仲間を紹介しますね」

橋本が、四方に散っていた部員を呼び寄せる。もちろん、マットの向こうにいた犬飼も。

やって来た男子三人、女子一人の計四人の学生を、橋本は一人ひとり紹介してくれた。

「こちらが、さっき紹介した犬飼です」

うちのエースです、とつけ足した橋本から、陸は恐る恐る犬飼に視線を移した。

「はじめまして、三年の犬飼優正です」

怖いくらいにこやかに笑って、犬飼は自己紹介した。それはもう、今すぐ洗濯洗剤のCMが始まりそうだった。

うなじのあたりが粟立《あわだ》って、こめかみのあたりから血の気が引くのがわかった。

「アスチャレ、父が大好きなんですよ。ご一緒できて嬉しいです。一年間よろしくお願いします」

白い歯までしっかり見せて、犬飼は優雅に会釈してきた。豹変《ひょうへん》ぶりに思わず「怖《こわ》っ」と声に出しそうになったが、視界の隅で谷垣のスカイブルーの髪が風に揺れ、慌てて台本に書いてあった段取りを思い出した。

橋本が犬飼を紹介する。そして、俺は——。

「い、犬飼さんのパリオリンピックへの挑戦、俺も応援してます」

あ、絶対に、今、むかついた。一ミリも崩れない犬飼の笑顔の裏から、確かに青筋が立つ音が聞こえた。

「ええ、僕も御子柴さんが日本新を出すの、楽しみにしてます。一緒に頑張りましょう」

犬飼が右手を差し出してくる。台本にはなかったから、彼なりのパフォーマンスなのか、それとも、一種の挑発なのか。

「はい、頑張ります！」

十歳近く年下の男の握手に両手で応えた瞬間、さっき彼に言われた「芸人さんなのに」という言葉が蘇《よみがえ》った。

芸人なのに、何でこんなことをしているのか……なんてことに悩んでいたのは、アスチャレ芸人歴一年目までだった。何でもいいから〈面白い芸人〉として世に出て、早くアスチャレを卒業しよう。

本気でそう思っていた頃が、確かにあった。

悩まなくなったわけではない。夜、ジョギングから帰って玄関でシューズの紐《ひも》をほどくとき、布団の中で目を閉じる瞬間、「おかしい、こんなはずでは」と思うことがある。

でも、今はこうやって生きるしかないのだ。

初練習を終え、谷垣とカメラマンと居酒屋で軽く飲んで、その日は電車で帰った。

車輛《しゃりょう》の端っこでシートに腰掛け、スマホで犬飼の動画を見た。綿貫が参考に見ておけと送ってきたもので、犬飼と彼の父親の対談ムービーだった。

犬飼の育ての父と言えばいいのだろうか、元やり投げ日本代表の和泉順也は、自分の結婚式に出席したせいで犬飼の両親は亡くなったことを、目に涙を浮かべながら「今も後悔している」と語った。犬飼はそんな彼を、同じくらい悲痛な面持ちで見ていた。

そして和泉の肩を叩いて、「俺は父さんもお義父《と》さんも、どっちも父親だと思ってるよ」と慰めた。数時間前に陸に「芸人さんなのに」と言い放った奴と同一人物にはとても思えない、柔らかく温《ぬく》もりにあふれた声で。

照れくさそうに笑い合う二人の姿に、動画配信サイトのコメント欄は「泣いた」「感動した」なんて言葉であふれ返っていた。

安物のイヤホン越しに、犬飼の声が聞こえてくる。

『お義父さんが八歳の誕生日にポールをプレゼントしてくれたのが、棒高跳を始めたきっかけです。でも父さんが生きていたら、やっぱり僕にポールをプレゼントしてくれたと思うんですよね』

和泉が『あいつなら、六歳の誕生日にはプレゼントしてただろうな』と涙声で笑う。

『オリンピックは、大事な二人の父の夢舞台ですから、僕も棒高跳でオリンピックを目指しています。父さんとお義父さんに、いつかメダルをプレゼントしたいです。え、メダルの色ですか？　そりゃあ、金色がほしいですよ』

ふふっと笑って頬を掻いた犬飼は、最後まで柔和な表情のまま、対談を終えた。

亡き父の遺志を継ぎ、育ての父が出場することのできなかったオリンピックで、メダルを目指す犬飼優正。そして、親友の死への罪悪感を抱えながらその忘れ形見を育て、オリンピック出場を応援する、犬飼優正のもう一人の父親、和泉順也。

何も知らなければ、アスリートの感動エピソードの一つとして消費できたのに。

「こりゃあ、やべー奴と一緒になったな」

堪《たま》らず呟いて、席を立った。電車が阿佐ケ谷駅のホームに滑り込む。駅から家まで、軽く走って帰ろう。

駅前ロータリーで軽くストレッチをしていると、ついこの間まで空きテナントだった店舗に、大手居酒屋チェーンの看板が掲げられていることに気づいた。

辛子色の看板が眩《まぶ》しい焼き鳥居酒屋は、陸の相方・富永がバイトしている店と同じチェーン店だった。新宿にある繁盛店で、そこでバイトリーダーを務めているんだから、かなり頼りにされているのだろう。

富永と連絡を取ったのは、例の漫才コンテストの一回戦に落ちた日が最後だった。もう一ヶ月以上、メッセージのやり取りすらしていない。

多くの売れない芸人が人生の起死回生を狙って挑む大きなコンテストの二次予選が、今も行われている最中なのに。一人はバイトに明け暮れ、一人は棒高跳の練習に通っている。芸人なのに……いや、芸人のくせに。

走りながら、自分の足音がそう呟いている。

富永と出会ったのは高校一年の頃だった。陸上部に仮入部したものの、厳しい上下関係と、すぐに怒鳴る顧問と馬が合わずにいた。

同じクラスだった富永とは、体育の授業がきっかけで話すようになった。〈青春〉と辞書を引いたらこいつの顔写真が載っているんじゃないかというレベルの、見事な青春ニキビが頬や額に躍る男だった。

ただ、愛嬌のある顔をしていた。メロンパンを食べているだけなのに、トイレで小便をしているだけなのに、何故かふふっと笑ってしまいそうになる。全身にまとった雰囲気が、常にコミカルだった。

陸上部の練習に行きたくないと愚痴った陸の脇腹を、富永は「サボっちゃえばあ？」と突《つっ》いた。昼休みの教室だった。干された布団のようにベランダの手すりに寄り掛かって、購買で買った馬鹿でかいメロンパンを二人揃って食べていた。

「別にさあ、陸上選手になりたいわけじゃないんでしょ？」

そう言われて、確かにそうだと思った。中学で陸上部に入ったのは、体操部がなかったから。小学生の頃に体操教室に通っていたのは、たまたま家の近くに教室があったから。

俺は別に、体操も陸上も、そこまで好きじゃない。

パックの苺《いちご》牛乳をちゅーちゅーと飲む富永の横で、そんなことに気づいた。

体操教室のコーチは、痛がったり怖がったりする子供を「根性がない」と叱る人だった。小学生なりに自分の体調やテンションに鑑みて、「今日はこの練習はやりたくない」「目標のために○○の練習がしたい」と伝えても、生意気だと聞く耳を持たなかった。

中学の陸上部の顧問も似たようなタイプだった。何より陸は先輩が嫌いだった。たった一年早く生まれただけで、タイムも遅ければ人望もない先輩の荷物を何故後輩が運ばなければいけないのか。使いパシリをさせられたり、相手の機嫌次第で八つ当たりをされなければいけないのか。先輩よりも大会でいい結果を出しただけで、嫌味を言われなければならないのか。

見事に嫌な思い出ばかりが蘇って、陸はその日のうちに退部届を書いた。

「なあ、文化祭でお笑いやろうよ。漫才とコント、どっちがいい？」

退部届を提出した帰り、コンビニで唐揚げ串を買った直後、富永はそうやって陸を誘った。その後、十四年続く、お笑い芸人としての人生に。

「えー、嫌だよ。滑ったら死んじゃう」

「大丈夫だって、俺、ネタ書くから。俺がボケ、御子柴がツッコミ」

冗談半分にＯＫした。どうせ、部活をやめたら毎日が暇なのだ。

流行のお笑い芸人のネタをパクってくるに違いない。そう思ったのに、富永はちゃんとオリジナルのネタを作ってきた（もちろん、当時彼が好きだった芸人の要素をふんだんに盛り込んでいたけれど）。

意外と、面白かったのだ。淡い罫線《けいせん》のルーズリーフに書かれた漫才の台本は、ふふっと笑ってしまうポイントが二つほどあった。まるで富永のニキビ面のようだった。

コンビ名をパセリパーティにした。学校の近くのファミレスで、サンドイッチに添えられたパセリを見て、「パセリって絶対に料理の主役にならないよな」と陸が呟いたら、十五分後に自分達はパセリパーティになった。

意外と、文化祭でウケた。田舎の偏差値の低い高校の文化祭だったけれど、ウケた。調子に乗って次の年の文化祭でも漫才をやった。その翌年は、コントを披露した。これも、まあまあウケた。

二人して地元の同じ大学に進学して、お笑いサークルに入った。月に一度の学内ライブのために大真面目にネタ作りをした。ネタ作りはほとんど富永で、陸はツッコミのフレーズを考える程度だったけれど、富永は「俺達はネタを二人で作ってる」と言ってくれた。

大学四年の秋、ライブ後にお笑い事務所の人間に声をかけられた。お笑い芸人になると決めた。

三十歳。若手漫才師のためのコンテストは一回戦で落ちた。富永は居酒屋のバイトリーダーで、陸はアスチャレ芸人だ。

「……ああ、体、重た」

家に着く頃には何故か息が上がっていた。アパートの錆《さ》びてカラカラに乾いた階段を上がるのが、奇妙なくらいしんどい。

地上波のレギュラーがあるんだから、家賃五万のアパートなんて早く引っ越せ。芸人仲間からはそう言われるが、どうにも踏ん切りがつかなかった。

怪我でもして番組に出られなくなったら、その間に別の芸人が陸の椅子を奪ったら――俺はあっという間にアスチャレ芸人から仕事のない芸人に転落する。

玄関で靴紐をほどきながら、脇腹のあたりが追い立てられるようにぞわぞわとした。

思い切って、富永に電話をした。

時刻は午後九時過ぎ。居酒屋は忙しいタイミングだ。三十秒ほどコールしたが、結局富永は出なかった。折り返しは、果たして来るだろうか。

第二話　嫌ですね。十万もする得体の知れない棒で信号機を跳び越えるの

1

「え、すごっ」

軽やかに身を翻した御子柴陸の姿に、狐塚翠は堪らず声を上げた。

助走路の先の支柱にはバーこそないし、空中姿勢が汚くてバーがあっても落としただろうが、それでも3m近いところまで彼は自分の体をポールを使って持ち上げた。

ポールに体重を掛けて曲げる、反発を使って高く跳ぶ。言葉にすれば簡単だが、初心者はこれが難しい。空中でバランスを崩し、着地はマットの上で前転するような形になったが、一連の跳躍は棒高跳の形になっていた。

陸上部コーチの橋本曰《いわ》く、初日にお試しで跳んでからは、棒高跳の跳躍を身につけるための基礎練習ばかりやっていたらしいのに。

すごい！　と拍手をしながら橋本が御子柴に駆け寄っていく。「跳べてましたよ！　今の感覚、覚えておいてください！」と絶賛する橋本を、コバンザメのようにカメラマンが追う。

「彼、今日が練習三日目ですよね？」

近くにいた谷垣という若いディレクターに問いかける。

「御子柴さんは大概のスポーツなら一日二日で形にするんですよ。慶安大さんで練習するのは週に一回ですけど、それ以外もめちゃくちゃトレーニングしてるんで」

自分のことのように胸を張る谷垣の髪は、初めて会ったときはライトブルーだったのに、十月に入ったら鮮やかなオレンジ色になった。スタバの焼き芋ブリュレ フラペチーノにそっくりだ。季節に合わせているんだろうか。

マットを下りた御子柴は、橋本から助走や跳躍の修正箇所についてレクチャーを受ける。一つ一つに真剣に頷く姿は、ちょっと年のいった部員にしか見えなかった。

「助走のときにめちゃくちゃポールが揺れるんですけど、何とかなんないんですか？　持ち方を変えたらマシになるとか」

側にいた部員に質問する御子柴の横顔は、本当に、陸上部の部員そのものだ。あれで本当にお笑い芸人なんだろうか……そんな失礼極まりないことを考えてしまう。

「ああー、それはもうしょうがないです。こんなシンプルな長い物体、どう持ったって走ったら揺れるし体もぶれます」

「マジっすか」

「腕も足も体幹も鍛えて、風が吹いてもポールが揺れてもぶれずに走る努力をするだけっすね」

そうなのかあ、と肩を落とした御子柴に、谷垣が「そろそろかなあ」と呟いて声をかけた。

「御子柴さーん、そろそろお勉強に行きましょう」

振り返った御子柴にカメラが寄る。今日の台本(箇条書きでたったの五行しかなかった)は読んでいるだろうに、彼はまるで今初めて聞いたかのように首を傾《かし》げてみせる。

「え、なに、勉強って。怖い怖い」

「御子柴さんの日本記録のために、アスチャレが強力な助っ人を用意しました」

谷垣の言葉に、カメラが横にいた翠へと向く。始まるまではこんな流れで番組になるのかと心配したが、いざカメラに自分が捉えられると、脳裏にテレビ画面が浮かぶ。

ぎこちない笑みを浮かべた翠の顔の横に、「慶安大学理工学部准教授 狐塚翠」と字幕がつく。右上にワイプの小窓があって、スタジオで芸人達が大袈裟なリアクションをする。

「慶安大でスポーツ工学の研究をしている狐塚翠先生です!」

ぴょんぴょん跳ねるように笑顔で翠を紹介した谷垣が、「さあさあ!」と翠を御子柴の前に連れ出す。

「狐塚先生は棒高跳のポールの研究をしてるんです。御子柴さんには今日はこれから、ポールについての授業を受けてもらいます」

「聞いてないよ。俺、高校のとき物理が壊滅的に苦手だったんだけど。ほら、これとか、変な法則がいっぱいあったじゃん」

御子柴が右手で親指、人差し指、中指を立てる。「あっ、ありましたね。中指から順番に電・磁・力って覚えました！」と谷垣が楽しげに真似《まね》をする。

それはジョン・フレミングが考案した、磁界で電流を流したときに生まれる力の向きを示す法則の覚え方なのだが。

「あの、フレミング左手の法則は、左手、です」

左手で正しいフレミング左手の法則をやってみせる。右手でやったら、何もかもが逆になってしまう。

「あ、御子柴さん、これは右手です」

「右手だな」

御子柴と谷垣が呆然《ぼうぜん》と自分達の右手を見つめるのを前に、突っ込むのは野暮だったかもしれないと後悔した。

「僕と御子柴さんが馬鹿だってことが改めてばれたところで、棒高跳にはポールが欠かせないんですから、ポールのことをしっかり勉強しましょう」

「いや、今の見てた？　フレミング左手の法則を右手でやる人間だよ？」

ゲラゲラと笑いながら、橋本が交ざってくる。子供の頃からバラエティ番組が好きだったと以前言っていたから、アスチャレに出られるのが楽しくて仕方がないらしい。

「御子柴さん、ポールの作りや仕組みを学ぶの、すごく大事ですよ。なんせ十万するんですから。よくわからない十万円のもので3ｍ以上跳びたくないでしょ？」

「うわ、嫌ですね。十万もする得体の知れない棒で信号機を跳び越えるの」

「そうです。だから狐塚先生にレクチャーしてもらいましょう」

ノリノリだなあ、橋本さん。声に出さずにふふっと笑うと、彼らの背後をポールを構えた犬飼優正が軽やかに走っていった。

上体をぶらすことなく助走路を駆け抜け、ボックスの手前で踏み切りのための動作に入る。ボックスの一番いい位置にポールを差し入れ、左足で強く踏み切り、そのまま大きくスイング——美しい動きに見惚《みと》れているうちに、彼は宙を舞っている。

背中からマットに着地した彼は、バーの置かれていない支柱の先を一瞬だけ睨みつけ、そのままこちらに駆け寄ってきた。

「狐塚先生の勉強会、僕も参加していいですか」

ポールを片手に微笑《ほほえ》んで、そんなことを言う。橋本と谷垣が「それは（テレビ的に）最高だ！」という顔をする中、御子柴だけが汗を拭きながらかすかに顰めっ面をした。

「ポールがどんな構造をしてるのか、意外と知らないなと思って、興味が湧いたんです」

谷垣が「行きましょう行きましょう、気が変わらないうちに行きましょう」とグラウンドの出入り口へとスキップするように翠達を先導する。

撮影前、彼が橋本に「練習に支障がないようなら〜ご迷惑じゃないようでしたら〜犬飼選手にも勉強会にご参加いただけると誠に大変テレビ的に嬉しいですぅ」と話しているのを見た。さすがの橋本も「今日は跳躍練習の日なんで、そっちを優先させたいですねえ」とコーチらしく断っていたが、犬飼に話だけでもしたのだろうか。

「犬飼君、練習は、いいの？」

グラウンドに残る橋本に送り出され、研究室のある校舎に向かいながら、翠はすらりと伸びた背中に声をかける。

陸上部で何度も顔を合わせるし、話をしたこともある。マスコミに見せる好青年な犬飼優正とは別に、彼がちょっと面倒でややこしい性格を持ち合わせていることにだって、とっくに気づいていた。

「インカレも記録会も終わって一息ついたところでしたし、別にいいですよ。ご心配ありがとうございます」

「今更だけど、日本インカレは優勝おめでとう。これでインカレ三連覇だね」

「三連覇は嬉しいですけど、記録は全然でしたから、嬉しくはないです」

跳躍に使っていたポールを抱えたまま、彼は翠に視線を寄こした。狙い撃ったかのように、切れ長の目に綺麗に秋の日が差す。おおう、流し目も絵になるねえ……と溜め息が出る。三十八歳にもなると、イケメンのイケメンぶりにときめきよりも感心が勝る。

先月上旬に行われた日本インカレを、犬飼は5m65という記録で優勝した。大学一年次からインカレの王座を譲ることなく、来年は四連覇を成し遂げるかもしれない。

彼の言う通り、優勝記録は彼の自己ベスト5m76より10㎝近く低い。だが、その自己ベストも室内の競技会で出したもので、風の影響を強く受ける屋外記録はどうしたってそれに劣ってしまう。インカレは屋外だったのだから、そこまで卑下する記録ではないはずだ。

——というフォローは、無意味だろうからやめておく。

「まだまだ遠いね、オリンピックの参加標準」

「ええ。仮にワールドランキングで出場できたとしても、5m80を跳べなきゃ高確率で予選敗退ですし」

オリンピックを目指す選手がクリアせねばならない参加標準記録。棒高跳は5m82という記録が求められる。この高さが跳べないと、基本的にはオリンピックにも世界陸上にも出場できない。男子の日本記録が5m83であることを考えても、参加標準記録クリアは高いハードルなのだ。

「でも、アスチャレの皆さんも僕に映ってほしいみたいですから、今日はいいんですよ」

一見傲慢《ごうまん》な台詞《せりふ》なのに、彼が言うとそう聞こえない。空気を読んで、気を使って、周囲がこう振る舞うことを求めるから、それに応えている。

そんな本音をうなじのあたりから放つ犬飼の声は、どことなく投げやりだった。

「御子柴さん、棒高跳を英語で何て言うか知ってますか？」

会議室でホワイトボードの前に立った瞬間、自分も意外と浮かれていることに気づいた。目の前のテーブルには御子柴と犬飼がこちらを向いて座り、ディレクターの谷垣もちゃっかり授業を聞く姿勢になっていた。カメラマンが静かに静かに、自分達を写している。レクチャーなんてグラウンドでもできるのに、わざわざ〈それらしく〉見えるように会議室を押さえたのは翠自身だ。

以前、番組プロデューサーである綿貫紅一に「翠ちゃんにも結構なメリットがあるでしょう？」と言われた通り、テレビに取り上げられるチャンスを存分に活かしたい。ならば、自分が研究を語るシーンは、少しでも面白いものにしないと、観てもらえない。

「走高跳がハイジャンプだから、ポールジャンプですか？」

「惜しいです。棒高跳は英語でポール・ボールトと言うんです。選手もジャンパーではなくボールターと呼ばれます。ボールトには、手や棒を使って跳ぶ、跳び越える、という意味があります。この〈ポールを使って跳ぶ〉という点が、同じ跳躍種目の走高跳や走幅跳と大きく違う点で、棒高跳選手がジャンパーではなくボールターと呼ばれる所以《ゆえん》です」

自分が異様な早口になっていることに気づいたが、構わず「つまりですね、ポールがめちゃくちゃ大事だってことです」とまとめた。自分の研究分野になると妙にせかせかと喋《しゃべ》ってしまうのは、昔からの悪い癖だった。

「棒高跳の始まりは、棒を使って川や柵を跳び越える遊びと言われていて、大昔は木製のポールで跳んでました。当然、たいした記録は出ません。３ｍ程度が精々です。そんな棒高跳を大きく変えたのが竹です。バンブーです」

へえ、と声を上げたのは谷垣だった。犬飼はテーブルに頬杖を突いてにこにこしている。御子柴は……翠の怒濤《どとう》の解説に引いている、という顔だった。

「しなやかで頑丈な竹を使うことで、棒高跳の記録は一気に４ｍを超えました。ちなみに、この頃の日本は棒高跳が強かったんです。なんせ、竹なんてそこら中に生えてますからね。一九三六年のベルリンオリンピックでは、日本代表が銀メダルと銅メダルを獲ってます」

「今じゃ考えられないですよねえ、日本が棒高跳でメダルなんて」

表情を崩さず、犬飼が呟く。そうなのだ。棒高跳が、国際大会で日本人が表彰台に上がれる競技だったことを知る人すら、今は少ない。

「そんな棒高跳の世界が大きく変わったのが、一九六〇年代です。ここで初めて、御子柴さんや犬飼君が使っているグラスファイバー製のポールが登場します。記録はあっという間に5m超え、八五年にはついに6mを突破。今や世界記録は6m20を超えます」

さすがに一人で喋りすぎている気がしてきて、さりげなく犬飼の顔を窺《うかが》った。クイズの一つでも出してみるかと思ったところで、彼が奇妙なくらい白けた目をした。

「御子柴さん、ウクライナのセルゲイ・ブブカって知ってます？」

犬飼に話しかけられた御子柴が、戸惑いながら「ああ、名前だけ」とぎこちなく答える。

「人類で初めて6mをクリアした〈鳥人《ちょうじん》〉ですよ。未《いま》だにブブカの記録は世界歴代トップ5に入ってます」

「へえ、すごい人がいるもんですね」

そのブブカが一九九四年に打ち立てた屋外での世界記録は6m14だった。現在の日本記録は5m83で、三十年近く前の世界記録に遠く及ばない。

それは、決して日本人選手が身体的に劣っているからではないはずだ。先日のブダペスト世界陸上では女子やり投げで日本人選手が金メダルを獲った。男子100mの決勝にだって日本代表は残った。リレー、競歩、ハードル、障害、トラックレース、走高跳と、入賞者だって大勢いた。

「——というわけで、お二人が使っているグラスファイバー製のポールについて説明していきますね」

研究室の学生に頼んで運んでおいてもらった「王様ポール」を、ひょいと持ち上げて御子柴に見せる。

真っ白なポールには、「王」の字を模したロゴマークを入れた。鳥人ブブカへのリスペクトをこめて、ウクライナ国旗の青と黄色を基調にしてほしいと頼んだら、この手のデザインが得意な院生が一晩で作ってくれた。

「このポールも、犬飼君達が使っているグラスファイバー製のポールも、ガラス繊維強化プラスチックでできています。簡単に説明すると、めちゃくちゃ頑丈で、製造段階で硬さを細かく調整できるのが大きな特徴です。木材や竹と違って、作り手の意図する硬さでポールを生み出すことができるので、棒高跳のポールには打ってつけです」

ガラス繊維を織ってシート状にし、樹脂を含浸《がんしん》させたものが、ポールの材料になる。シートを土台となる長い鉄芯に巻きつけて層を作り、炉に入れて焼き固めることでガラス繊維と樹脂が固まり、ガラス繊維強化プラスチックに姿を変える。鉄芯を抜けば中身が空洞の長い棒——棒高跳用のポールになる。

ホワイトボードに図を描きながらわかりやすく説明したつもりが、御子柴と谷垣は面白いくらいポカンとした顔で聞いていた。

「鉄芯に巻き付けるガラス繊維のシートのカットの仕方を変えたり、ガラス繊維の織り方や重ね方を変えたり、鉄芯の太さを変えたりすることで、ポールの硬さと曲げやすさが変化するんです」

「じゃあ、微妙な違いで使う人と相性がよかったり悪かったりするってことですよね？」

御子柴の指摘に、翠は勢いよく「その通りです！」と頷いた。

「私も学生時代に棒高跳をやってたからよくわかるんだけど、ちょっと硬さが違うだけで全然違うの。硬い方が反発が強いから高く跳べるんだけど、硬いポールを自分が上手く曲げられるかって問題がある。硬ければ硬いほど、曲げて跳ぶのが難しくなる。ポールの性能と自分の技量の妥協点を見つけるのが棒高跳にはすごく大事なんです。なのに、日本の棒高跳環境ではポールを入手するのも大変。国内にメーカーがないから値段も高いし、輸入にも時間がかかる。アメリカやヨーロッパの選手に比べると、日本はそもそも棒高跳を始める段階で高いハードルがある」

自分が作って紅一が名前をつけた王様ポールを、無意識に胸の前に握り締めていた。

「という経緯で、私はポールを作っています。日本で棒高跳をやる人のための国産ポールです。御子柴さんに、ぜひこれでマスターズの日本記録を目指してほしいんです」

王様ポールを差し出すと、御子柴は「ええっ？」と目を瞠《みは》って椅子から腰を浮かした。

どうやら、翠がポールをプレゼントすることは彼には伏せられていたらしい。

「御子柴さんがさっき使っていたポールと同じ、3m66です。初心者向けに軟らかめにしてあります。他にもいろんな長さや硬さのストックがあります。もっと長いのを試してみたいとか、硬いのにチャレンジしたいとか、いくらでも要望を出してください」

「……い、いいんですかっ？」

ポールを受け取った御子柴が、視線を泳がせながら翠に問いかける。

「ポールの作り手が近くにいるってことは、自分に合ったポールが手に入りやすいということです。私も御子柴さんのデータを取らせてもらうので、お互いウインウインですよ」

市販のポールと同じだけの性能を持った〈普通のポール〉だ。アメリカやヨーロッパのポールと比べて、べらぼうにいい記録が出せる秘密があるわけでも、日本人の跳躍に特化した何かが秘められているわけでもない。

でも、〈普通のポール〉の作り手が身近なところにいることが、選手にどれだけの効果を生むのか。アスチャレを通して、それがわかるはずだ。

さあ、これでこの勉強会で言うべきことはすべて話したぞ。翠がほっと一息ついた瞬間、犬飼がするりと手を伸ばし、御子柴の持つ王様ポールを摑んだ。

「へえ、見た感じ、市販のポールと全く遜色ないですね」

貸してください、と親しげに御子柴に話しかけ、ポールを受け取った犬飼は、助走路に立ったかのようにポールを構えた。

「狐塚先生がポールを作ってるのは知ってましたけど、ここまでの完成度になってるとは、正直思ってませんでした。僕も使ってみていいですか？」

「えっ、いいの?」

「自分に合ったポールが手に入りやすいって、棒高跳の選手からしたら最高ですよ。それに、新しいポールに純粋に興味があります」

極めつきに、彼はくすりと笑って「ぜひ、使わせてください」と白い歯を覗かせた。自分の顔が一番綺麗に見える角度を、よーくわかっている動作だった。

——アスチャレの皆さんも、僕に映ってほしいみたいですから。

先ほどの彼の台詞を思い出す。こうやって王様ポールに興味を示すのもまた、同じ理由から「演じてやってる」のだろうか。

そう考えたら、肩胛骨《けんこうこつ》のあたりがヒヤリとして、強《こわ》ばった。

2

初めて棒高跳へのチャレンジを提案されたとき、綿貫が「短距離走の経験は棒高跳と相性がいいはずだ」と言っていたのを、練習中にしみじみと実感するときがある。

なにせ、棒高跳選手の練習は、多くが短距離ブロックとの合同練習だからだ。

真っ直ぐ延びるブルータータンの上を、慶安大陸上部の短距離選手が軽やかにスキップし、ギアを切り替えるように急速に加速する。30ｍ走ったところでマネージャーがタイム計測を開始し、そのまま60ｍをトップスピードで駆け抜けていく。

前の部員を真似して、陸はその場でステップを踏んだ。筋肉を緊張から解放し、息を吸い、酸素を爪先まで行き渡らせるように全身に力をこめて、スタートを切る。

最初は加速することだけを考え、30ｍ地点でタイム計測が始まる。そこからは、トップスピードを維持して60ｍを走り切ることを意識する。

懐かしい。中学時代、あと高校時代も二ヶ月だけ、陸上部でこんな練習をしていた。

「うわ、速《はえ》えっ」

ゴールした直後、タイムを計ってくれていた陸上部のマネージャーが、興奮気味にストップウォッチを見せてきた。

「30ｍ＋30ｍの加速走で3秒ジャスト！　１００ｍ走ったら11秒台前半が出せますよ」

「お、高校のときとタイム変わってないかも」

高一の時点での陸の１００ｍ自己ベストは、確か11秒05だった。アスチャレのオーディションでも、11秒10でトップだった。十五年近くたっても、意外と落ちないものだ。

といっても、一緒に練習する短距離選手達は10秒台の世界を走っているわけで、マネージャーの言う「速えっ」も、所詮は〈素人にしては〉のレベルだ。

「加速区間でちょっと力んで急ぎすぎてる感じがあったんで、まだまだ速くなりそうな感じでしたよ。今これだけ走れるなら、インハイとか出られたんじゃないですか？」

「いや、高校入ってすぐに陸上はやめちゃったから」

何故……という顔で瞬《まばた》きを繰り返すマネージャーに礼を言い、下半身を入念にストレッチしてから、グラウンドの隅にある棒高跳のマットに向かう。

「御子柴ちゃん、お疲れ」

カメラマンの後藤《ごとう》が背後から話しかけてくる。ふうと息をつくようにカメラを下ろした彼女に、陸は「お疲れっす」と一礼した。

十月に入ったとはいえ、日中に運動をすればそれなりに暑さが気になる陽気が続いていた。後藤の額にも汗が光り、茶髪のボブカットは生え際がしっとり湿っている。

「加速走なんて撮っても、どうせ使われないっすよ」

「何が起こるかわからないから何でも撮っておくんですよ、カメラマンって生き物は」

後藤は陸の練習中は常にカメラを回している。慶安大での練習には毎度やって来て、陸や犬飼を撮り続ける。これまでの企画もそうだった。女性にとっては体力的にハードな撮影も多いだろうに、撮ったものの九割……いやそれ以上はオンエアされない。

「それにしても、こんな練習をやってると本当に高校生に戻った気分ですわ」

加速走だけじゃない。緩めのペースでフォームを確認しながら走るテンポ走、一定の距離を休みを入れながら連続で走るセット走、坂道ダッシュに筋トレ。中学、高校時代、陸上部でやっていたメニューそっくりそのままだ。

「ああ、御子柴ちゃんが大嫌いな高校時代のブラック陸上部ね」

「ここはギャンギャン怒鳴る顧問も、上下関係にだけはめっぽう厳しい先輩もいないから、快適ですけどね」

その代わり、どうにも胡散《うさん》臭い爽やかイケメンアスリートの仮面を被《かぶ》った得体の知れない男がいるのだが。

犬飼は他の棒高跳選手達と共に、短距離ブロックでマーク走をしていた。直線コースに等間隔にマーカーを置き、マーカーとマーカーの間を一歩で走り抜ける。間隔を広げればストライド走に、狭めればピッチ走になり、自分の理想とするフォームを身につけるためのトレーニングだ。

犬飼の一歩目は鋭かった。後ろ足を力強く押し込み、一歩一歩確実に加速する。あれは短距離走も速い奴の走り方だ。マーカーの間隔は広く、足の裏全体で地面に着地するフラット接地。大きくダイナミックな走りだった。

「さーて、地味な練習をやりますよぉ、後藤さん」

誰もいない棒高跳の助走路の側で、合板製の昇降台を2m間隔で三つ並べる。

橋本に言い渡された基礎トレーニングはシンプルなものが多かった。練習のない日も、ジムや自宅でできるものばかりだ。

昇降台に飛び乗り、踵《かかと》から着地することを意識して飛び降りる。着地したら、反発力を使って次の昇降台へ飛び乗る。端まで来たら折り返し、ひたすらこれを繰り返す。

「地味ですね～、撮り甲斐《がい》があるよ」

後藤が笑いながらカメラを回す。犬飼のマーク走の方が、よほど撮り甲斐があるだろう。

「やってたなあ、これ。中学の頃に」

ボックスジャンプと言って、尻や太腿《ふともも》の筋肉をこれで鍛える。中学時代、実家の二階でこれをやって、母親に「家が壊れるわっ！」と怒られた。

橋本はとにかく跳躍の感覚を摑めと言う。着地の瞬間に体から地面にエネルギーが伝わり、その反発が体に伝わり、跳躍のエネルギーになる。棒高跳はそうやってエネルギーが自分の体やポールを伝って変換されているのを意識しないと跳べない……らしい。

昇降台をハードルに変えてハードルジャンプを始めたところで、短距離ブロックで犬飼達の練習を見ていた橋本と谷垣が戻ってきた。

両足を揃えてハードルを次々と跳び越える陸のことをじーっと見ていると思ったら、橋本が満足げに大きく頷いた。

「御子柴さん、試しに、バーを設置して跳んでみます？」

「えっ、ついにですか？」

着地した両足の裏で、じゃりっと砂が擦れる。橋本はもう一度深く深く頷く。

「来る途中に谷垣さんが『御子柴さんは本番に強いんです』って言ってたんで、バーがあった方がむしろ跳びやすいんじゃないかと思って」

練習は今日で四日目だが、跳躍練習はずっとバーがない状態でやっていた。体を３ｍ以上のところに持っていくことこそできるが、空中姿勢はとても棒高跳のものとは言えない。

「前回、狐塚先生からポールをプレゼントされたことですし、使用感を確かめるためにも一本跳んでみましょう」

言われるがまま、先端が二股に分かれた竿を手に、橋本とバーを４ｍの高さに設置した。

真下から見上げる４ｍは、高かった。

「……跳べますかね」

唇の端から、弱音がじわりと滲み出てしまう。

「僕は行けちゃうと思ってます」

橋本の口振りは飄々《ひょうひょう》としているが、妙に説得力があった。これでも彼は日本選手権で代表争いをしたことがある。

そんな男が「行けちゃう」というのなら、何かしらの勝算があるのだろう。

「狐塚先生が一本目は軟らかめのポールをくださったはずなので、怖がらずにぐーんと曲げて、その反発を使って跳んでみちゃいましょう」

「わかりました」

返事をしただけなのに、何故か橋本が目を瞠る。そんなに怖い顔をしているだろうか。

王様ポールは、真新しいビニールというか、下ろしたての靴というか、とにかく艶やかな香りがした。勉強会で熱弁されたガラス繊維強化プラスチックの匂いなのだろうか。

真っ白なポールの表面に、ブルーとイエローで「王」の字を模したロゴが入っている。青空と銀杏《いちょう》並木のようなビビッドな色合いだ。

狐塚はこのポールを、海外製のポールと同じ性能を目指したと説明した。長さは3m66で、重さも初めて持ったものと変わらない。重くもなければ軽くもない。

「御子柴さーん、4mって、キリンと同じくらいの高さらしいですよ！」

谷垣がスマホ片手に発破を掛けてくる。目の前にそびえる二本の支柱が、巨大なキリンの前足に見えてきた。

助走路で陸はゆっくりポールを構えた。一歩目で鋭く加速して、マーク走をする犬飼の姿を思い浮かべ、広いストライドで地面を這うように走る。

風が吹く。ポールが風を受けて左右に振れる。陸の体の中心を揺さぶる。

踏み切りの三歩前で、ボックスにポールを差し入れるための突っ込みの動作に入った。

助走の勢いを殺さずにストライドを調整し、ポールの先端をボックスに突っ込む。ガコンと乾いた金属音が響き渡ると同時に、両腕に力をこめた。

真っ白なポールは陸の助走を受け止め、ぐにゃりと曲がる。踏み切って、左足を大きく振り上げる。よし、スイングは結構いい形で入れた。

体が浮き上がる。曲がったポールが元に戻ろうと、陸の掌《てのひら》で暴れる。

視界が秋空でいっぱいになり、遠くで谷垣の歓声が聞こえた。ポールの長さは3ｍ66だ。バーの高さは4ｍだ。ただ浮き上がっただけではバーを跳び越えられない。

ポールが真っ直ぐ立ち上がった瞬間、体を捻《ひね》った。小学生時代、週に三日も体操教室に通っていた記憶が体の奥で蘇る。空一色だった視界は反転し、地上で「おおお～」と両手を広げる谷垣と、カメラを回す後藤が見えた。

バーが目の前にあった。腰が当たりそうになって、さらに体を翻す。脇腹と乳首のあたりをバーがかすめ、囁《ささや》くように震えた。

青空の下、支柱に鎮座するバーを眺めながら、陸はマットに背中から着地した。

走り、跳び、落ちた。一連のエネルギーの名残が、陸の体を包んでいる。

「すごーい、キリンを跳んだ！」

谷垣の声がする。そうか、キリンを跳び越えたのか。眉間のあたりにじんわりと熱を感じながら、陸はゆっくり体を起こした。

橋本が唐突に叫んだ。

「よーし、御子柴さん、この調子で来月頭の東日本マスターズ競技会に出ましょう！」

なんすかそれ、と陸が問いかける前に、谷垣が「いいっすねぇ！」と同意する。どうせ、この二人と綿貫の間で今後の進行についてはすでに話がついているはずだ。俺は、ただ黙々と練習し、それに従うだけだ。

マーク走は終わったのだろうか。棒高跳の選手達が戻ってきていた。もちろん、犬飼も。彼は初めて４ｍを跳んだ陸ではなく、支柱の上にたたずむバーを見上げていた。ちきしょう、無駄に絵になりやがる。俺に彫刻の才能があったらきっと彫ってる。

そんなことを考えているのが伝わってしまったのか、陸に視線を移した犬飼は、一瞬だけ眉間に皺を寄せて、こちらに歩み寄ってきた。

「おめでとうございます。こんなに早く４ｍが跳べるなんて、すごいですよ」

確かに感心していて、確かに陸をリスペクトしている……ように見える。

「そりゃあ、どうも」

「父が御子柴さんをうちに招待しろって言ってるんですよね」

「……は？」

体を起こす。マットがへこんでよろけた。犬飼は微笑んだままだ。人類はこの顔を「爽やかで好感度抜群のアスリート」と見るのだろうが、俺は欺《だま》されんぞと彼を睨みつけた。

「どういう魂胆だ」

「ですから、父が御子柴さんに会いたいんですって。うちの父、アスチャレの大ファンなんですよ」

谷垣さんには話しておきましたから。ふふっと笑った犬飼は、側に置いてあったポールを拾い上げ、助走路に向かった。離れていく足音に、「邪魔なんで早くどいてください」と言われた気がした。

＊

準々決勝会場は混み合っていた。普段はお笑いの劇場として使われているホールの客席数は百二十席で、隙間なく着席した観客からは奇妙な熱気がただよっている。

年末に開催される漫才コンテストの準々決勝が今日から四日間かけて行われるのだが、決勝戦ならまだしも、準々決勝から観戦しようというのは生粋のお笑いファンだ。それに加えて、敵情視察する芸人、予選で落ちてしまって勉強がてら見物に来た若手芸人、お笑いライター。ステージに向ける視線は、決勝に負けないくらい熱い。

開演ギリギリになって、富永英樹はやって来た。

「おーう、間に合ってよかった」

隣の席に置いておいたリュックをどけると、富永は「悪い悪い」と腰を下ろし、すぐにチケット代五千円を払ってくれた。準々決勝のチケットが五千円とは、なかなかの出費だ。

「いきなりヘルプが入らなくてよかったな」

「冗談じゃなく、こっちに予定がある日に限って、風邪だテストだ急用だってバイトに欠員が出るんだよな」

背もたれに寄り掛かり、ふうと息をついた富永の顔は疲れ切っていた。新宿の馬鹿でかい居酒屋（しかも二十四時間営業で年中無休）をバイトリーダーとして切り盛りしているのだから、当然なのかもしれない。

思えば、富永と顔を合わせるのも久々だった。十月の頭に事務所のライブに出たきりだから、一ヶ月ぶりに会ったことになる。夏から秋にかけて順調に予選を勝ち上がった先輩コンビ・ドクダミ薬味が準々決勝初日の午後の部に出場することになり、互いにちょうどオフの日だったから、応援がてら見に行こうということになった。

「御子柴ぁ、返田さん達って何番だっけ？」

「三番だよ」

「うへえ、序盤も序盤じゃん、嫌だねえ。返田さんもクジ運ないな」

「今年は長井さんがクジを引いたらしいよ」

「え、じゃあ、長井さんもクジ運なかったのかよ」

今日だけでも五十組近い芸人が出場する。出番が早いほど会場は温まっていないし、遅いと逆に客が疲れてしまう。ほどよく真ん中で、できれば前後に売れっ子や爆発力のあるネタをやるコンビがいないとありがたい……というのが参加者全員の願いだ。

それが三番手だなんて、長年世話になっているドクダミ薬味の二人は、とことん大事な場で運がない。去年の準々決勝も二番手を引いていた。

開演のアナウンスが入った。MCを務めるお笑いコンビがステージに現れ、隣で富永が姿勢を正す。MCの二人が軽快な掛け合いで場を温めた。あちこちから笑い声が飛び、お笑いライブのオープニングのような和やか雰囲気になる。

なのに、一組目のコンビ名が呼ばれ、機関銃のような出囃子《でばやし》が流れると空気が一変する。さあ、ここからは真剣勝負の時間ですよね、とでも言いたげに、観客は頰を引き締める。

他ならぬ陸もそうだったし、富永もそうだった。

一組目は、去年決勝戦に出場したコンビだった。ネタ番組にもトーク番組にもよく出ている充分な売れっ子なのだが、漫才で日本一になるという野心は依然としてあるらしい。

客席がまだ温まっていないせいなのか、彼らの意気込みが空回りしてしまったのか、今ひとつ盛り上がりに欠ける三分間だった。

「ネタが一本目のネタじゃなかったよな」

袖へと捌《は》けていく話したこともない売れっ子の背中を見つめながら、富永が呟いた。

「わかる。最初ってもっとラフに笑いたいもんな。ああいうブラックなネタじゃなくて」

「でっかくボケてでっかくツッコむやつな。ああいうぼそぼそかけ合うやつって、そういうのに飽きた頃に見たい」

なんて偉そうに語らう自分達は、一回戦で落ちている。不思議だ。他人のネタの分析はそれなりに的を射ていると思うのに、どうして自分達のネタで同じことができないのか。

陸達が出場した一回戦はもちろん、三回戦までは玉石混交の予選だ。売れっ子もいればアマチュアもいるし、真剣に決勝を目指すコンビもいれば、思い出作りで参加しているだけのコンビもいる。

それが準決勝になるとガラリと色が変わる。面白くないコンビも、なんちゃってで出場しているコンビも消え、真剣に面白いネタをやるコンビが残る。テレビで見かける売れっ子や、芸人間で「アイツらは面白い」と評価されるコンビが次々とステージに現れる。

準々決勝に残っているお笑い芸人は総勢百八十組で、準決勝に残れるのは三十組程度。決勝に行けるのは十組。ちゃんと売れている芸人、ちゃんと面白い芸人が、普通に落ちる。

そんな戦いの場に残れていない自分達パセリパーティは、果たして何者なのだろう。

考えているうちに、ドクダミ薬味がステージに現れた。一つ前が養成所を卒業したばかりの二十代のコンビだったから、アラフォーの二人は二割増しで老けて見えた。

ネタの内容も、「若い頃に楽しかったものがアラフォーになると楽しくない」という返田のぼやきを、長井が「アラフォーってそんなもんだよ」と肯定していくというものだ。

肯定しているうちに返田のぼやきが変な方向へ転がっていき、最終的に長井が返田の頭を叩いてツッコむ。実にスタンダードな漫才だ。

ただ、前の二組の受けがイマイチだったせいか、ドクダミ薬味のスタンダードな漫才は意外とウケた。やっと観客もエンジンがかかってきた感じだ。

面白いネタをやるコンビ、面白いはずなのにミスをして台無しにしてしまったコンビ、猛烈に面白いネタをやるコンビ、コンテストなんて出なくても充分芸人として生きていけるコンビ、準々決勝なんて通過点に過ぎない決勝常連のコンビ……次々と芸人が舞台に立ち、五時過ぎに準々決勝初日は無事終わった。

「ドクダミ薬味、どうかな？」

エレベーターホールに向かいながら、富永が聞いてきた。周囲は似たような話をする人間であふれている。

「序盤にしては結構ウケてたし、残りの日程次第なんじゃない？」

「明日の出場者、すごい人らがいっぱい控えてるもんなあ」

俺達も頑張らないとな。そう言おうとして、言葉が喉で詰まる。言ったら確実に、微妙な空気になる。富永がよそよそしく「そうだな」と言い、陸はぎこちなく「だな」と返す。

そうなるとわかって踏み込むには、若くて青臭いエネルギーが必要だ。

二十七歳くらいまではそれがあった気がするのに、気がついたら消えていた。二十八になったら三十歳まであっという間だったように。二十八歳は二十八歳で、二十九歳は二十九歳だったのに、三十歳になった途端に自分の年齢が「三十代」という言葉に曖昧に溶けてしまったように。

「なあ御子柴、返田さん達と合流する？」

エレベーターに乗り込んだところで、富永がスマホを見せてきた。

「準々決勝見に来てますって連絡したら、終わってから飲みに行くかって」

スマホには返田からのメッセージがあった。「御子柴も入れて四人で飲もうぜ！　アドバイスくれ！」と、ビールジョッキの絵文字と一緒に書いてある。

返田が陸と富永のコンビ仲を心配していたのを思い出して、ビールジョッキの絵文字をタップする返田の薄い髪に、ふーっと息を吹きかけてやりたくなった。

「アドバイスくれってことは、返田さん達、通過するつもりでいるってことか」

勝算はあると三回戦の前に返田も長井も揃って言っていた。勝算のある戦いに挑むのは楽しいだろうなと、怖いくらい羨ましくなる。

「悪い、今日これから仕事」

「え、今から？」

「アスチャレのロケ。何故か日本代表候補のホームパーティにお呼ばれしてる」

「何だその仕事、すげえな。さすが地上波」

ははははっと笑った富永は、エレベーターを降りたところで「じゃあ、頑張って行ってこい」と陸の肩を叩いた。

「返田さんと長井さんに、よろしく言っておいて」

「おう、任せて」

それじゃ、と彼に背を向けた瞬間、次に富永と直接会うのはいつだろうかと考えた。年末に知り合いの芸人からライブに誘われているが、やるかどうかは富永に任せている。ネタを作るのは富永だから、陸が無理強いするわけにはいかない。

発破を掛けるくらいはしてもいいのでは？　と思うが、やはりそれにはエネルギーが必要だ。富永に「俺達も頑張らないとな」と言うのと同じエネルギーだ。

駅に向かいながら、どうしてだか別れ際の富永の顔が消えなかった。

高校時代は青春ニキビでいっぱいだったのに、ホルモンバランスが変化したのか大人になるにつれて消え失《う》せた。常にコミカルな雰囲気をただよわせていた顔は、しっかり三十代の男の顔になった。もうトイレで小便をしているだけで面白い富永英樹ではない。

同じように陸も、文化祭のステージで観客の笑いを誘うツッコミをしていた陸ではなく、お笑い事務所のスタッフに「君達、うちに所属してみる？」と言われたときの陸でもない。

「きゃあ、やっぱりイケメンは住んでいる街もイケメンだし、家もイケメンだねえ。インターホンまでイケメンに見えてきた」

わざとらしく黄色い声を上げたカメラマンの後藤の隣で、ディレクターの谷垣も「俺も中目黒《なかめぐろ》に住みたいなあ」と呑気《のんき》なものだった。

犬飼優正の家は中目黒駅から徒歩十分ほどのところにあった。土地を広々と使っているのが外観からわかる、ゆったりとしたたたずまいの立派な一軒家だ。「なんでお金持ちの家ってカーポートの照明がオレンジなんすかね」と言う谷垣に、「それ、恥ずかしいからよそでは言うんじゃないよ」とツッコみつつ、内心で同じことを思った。

「……で、どうして綿貫さんまで来てるんですか？」

一団の中で一番ノリノリな様子でここまで来た綿貫は、橙《だいだいいろ》色に照らされた白壁をしげしげと眺めていた。

「棒高跳の日本代表候補・犬飼優正と、元やり投げ日本代表の和泉順也の家だぞ？　なんで俺が来ないと思うわけ？」

「綿貫さん、しょっちゅう撮影に顔出しますけど、プロデューサーって忙しいもんじゃないんですか」

「クソ忙しい中でやりたいことのために時間を作れるのがデキるプロデューサーってものよ。和泉順也の好きなものを調べて、神楽坂《かぐらざか》まで苺大福も買いに行っちゃったもんね～」

真っ赤なフレームの眼鏡を芝居がかった仕草で光らせた綿貫の手には、老舗和菓子店の紙袋があった。随分とずっしりしているが、一体いくつ苺大福を買ったのだろう。

「和泉順也って元やり投げ選手、そんなに金持ちなんですか？」

日本のやり投げ選手が中目黒に立派な家を建てられるものなのか、陸にはわからない。

「引退後は東京体育大《とうきょうたいいく》でやり投げのコーチをやってるけど、もともと中目黒の出身だから。親が資産家ってわけ。さあさあ、それではアスリート親子のお宅を訪問だ」

ご機嫌にインターホンを押す綿貫の顔は、番組プロデューサーというより一人の陸上ファンだった。それも、重度の。

大学のロゴが入ったジャージとトレーナーという出《い》で立ちで、犬飼は現れた。「ご足労いただいてすみません」とにこやかに陸達を出迎える。

「こちらこそ、カメラまで入れさせてもらっちゃってすみません。助かります」

同じくらいにこやかに答えた綿貫を先頭に、アスリートのお宅訪問は始まる。玄関で靴を脱ぎながら谷垣が「お金持ちの家の匂いがする」と呟くので、頭をはたいて黙らせた。

犬飼に案内されてリビングに足を踏み入れると、和泉夫妻はキッチンにいた。広々としたカウンターを備えたアイランドキッチンだった。

「ああっ、ごめんなさい！　今ちょっと手が離せなくて」

いつか動画で犬飼と対談しているのを見た和泉順也が、コンロの前でフライパンを振っている。大量の鶏胸肉が炒められていた。

「優正、お飲み物お出しして。冷蔵庫にしこたま入ってるから」

「はいはい、お義父さんも早くカレーチキン仕上げちゃってよ。何時間仕込んでるの」

「あのなあ、この特製カレーチキンは簡単に見えて結構手間がかかるんだぜ?」

「五歳から食べてるから知ってるよ」

そんな微笑ましい会話を交わし、犬飼が瓶ビールとお茶とジュースを次々リビングに運んでくる。カメラマンの後藤はいつの間にかカメラを回していた。

「練習を撮られるのは慣れてますけど、家で撮影されるのは緊張しますね」

苦笑いしながら、犬飼が「京都のクラフトビールらしいですよ」と小ぶりな瓶ビールを綿貫と谷垣に渡す。

「御子柴さんは糖質控えたいですよね? ハイボールでも作りましょうか。お義父さん秘蔵のウイスキーがあるんで」

「いや、お茶で大丈夫です」

「じゃあ、烏龍茶でも出しますね」

間違いなく和やかな会話なのに、足の指がむずむずと痒《かゆ》い。彼とのやり取りはいつだってこうだ。「僕達仲良しでーす」と視聴者にアピールするだけの、薄ら寒い時間。

「すいません、料理に手間取りました」

和泉がカレーチキンとやらをのせた大皿を手にリビングにやって来る。和泉の妻もカプレーゼやピンチョス、カルパッチョを運んでくる。乾杯の直後、谷垣が生ハムとチーズとオリーブのピンチョスを手に「これをホームパーティで出す人、初めて見た」と懲《こ》りずに言ったが（口と脳味噌《みそ》が直結しているのだと思う）、和泉夫妻は嬉しそうだった。

和泉特製のカレーチキンは美味かった。スパイスとカレー粉、ヨーグルトに漬け込んだ鶏胸肉を少なめの油で炒めたらしいが、肉もパサついていなくてふっくらしている。何より胸肉なのがありがたい。

「僕ねえ、アスチャレが大好きでね。毎週日曜日を夫婦で楽しみにしてるんですよ」

「えー、本当ですか？　和泉選手にそう言っていただけるなんて光栄だなあ」

乾杯から五分とたたず、綿貫と和泉は和気藹々《あいあい》としていた。アスチャレを夫婦で毎週見ているというのも本当らしく、和泉の妻は陸だけでなく谷垣にまで「あ、谷垣D、今月は髪が赤なんですね」と握手を求めた。谷垣は「来月はこれにグリーンを入れてクリスマスカラーにする予定です！」とカレーチキンで口をいっぱいにしながら答えた。

「うちの両親、やたらとホームパーティが好きなんですよ」

陸の向かいのソファに腰掛けた犬飼が、呆《あき》れ顔で肩を竦めた。陸の背後で、後藤がカメラを回していた。

「ああ、そうなんですか」

「二人揃って、人と話すのと楽しいことが好きなんですよ」

ふふっと笑った犬飼が、忌々《いまいま》しいものでも見るような目をしたらどうしようかと思ったが、その顔は意外と優しげだった。今すぐエアコンのＣＭに出られそうだった。

七時過ぎ、見るからに土曜日の部活帰りという恰好の犬飼の弟が帰ってきた。家に見知らぬ大人が大勢押しかけ、カメラまで回しているのだから、思春期らしく嫌な顔をすると思ったのに、「アスチャレ、好きです！」と犬飼の隣にどかんと腰を下ろす。

「競歩の蔵前修吾と対決してたの、めちゃくちゃ熱かったです」

カレーチキンにかぶりつきながら、「あ、この前のクリケットも面白かったです。バブルガム沢渡のアウトスインガー、恰好良かった」と続ける弟を、犬飼が肘で小突く。

「お前、まずは自己紹介をしろ。あとシャワー浴びて着替えてこい、汗臭い」

弟は慌てて陸に向き直った。面白いくらい、和泉夫妻の顔を足して二で割った顔だ。犬飼とは似ても似つかない。この一家で犬飼だけが異質なのがよくわかる。

「和泉明《あきら》です。高一です。専門は４００ｍです」

当たり前に陸上をやっているという顔で走るポーズを取って、明はリビングを出ていく。

「すごく朗らかで幸せなホームビデオって感じ」

和泉の妻に「カメラマンさんも召し上がってください」と勧められ陸の隣に腰掛けた後藤が、側に置いたカメラを撫でながら烏龍茶を呷った。

「谷垣さん、あのへんの写真、押さえとく？」

カレーチキンにかぶりついたと思ったら、陸を跳び越える形で後藤が谷垣の肩を叩く。

指さしたのは、リビングの壁に飾られた写真やトロフィー、賞状、メダルの数々だ。

綺麗に整理されたリビングで、そこだけが雑然としていて、数の多さが際立っている。和泉の妻お手製のローストビーフにかぶりついた谷垣が、「頼みます！」とジェスチャーをする。後藤はカメラ片手に立ち上がった。

後藤の後ろにくっついて行くと、真っ先に犬飼の写真が目に入った。競技中の写真だ。バーを悠々と越える瞬間を捉えた一枚。犬飼の顔は相変わらず整っていて、視線にも切れ味があって、要するに面《つら》がいい。

日本インカレ優勝のメダルが、堂々と三つ並ぶ。日本選手権の賞状もある。インハイ優勝の賞状の隣には、高校時代の犬飼が表彰台に立つ写真もあった。輝かしい競技人生の合間に、高校の入学式で撮った家族写真もある。

弟の明が中学時代に全国大会で入賞した賞状もあった。なんと、和泉の妻が大学時代に800mで関東インカレに出場した写真まである。和泉自身が現役のときの写真や、日本選手権で獲得したメダルもある。溜め息が漏れそうなスポーツ一家だった。

その中に、和泉夫妻ではない夫婦と、三歳ほどの男の子が並ぶ写真を見つけた。家族で休日に公園にでも行ったときの写真だろうか。遊具のある原っぱで、三人が並んでこちらに微笑んでいる。霜が降りたようにその写真だけが古い色合いだ。

犬飼の両親だった。幼いとはいえ犬飼優正は目鼻立ちがくっきりとしていて、父の犬飼優一は成長した息子とよく似た顔をしている。要するに面がいい。

「恥ずかしいから、あんまり撮らないでくださいよ」

背後から、犬飼の声が飛んでくる。笑ってこそいるのだが、妙に薄ら寒い響きだった。

「家族仲、いいんですね」

薄ら寒さに応戦するように彼を振り返ると、ちくりと睨まれた。

「ええ、いいですよ。自分だけ血がつながってないなんてこと、どうでもよくなっちゃうくらい、いいです」

和泉の方を見た。相変わらず綿貫と盛り上がっていた。話題は和泉の現役時代に移ったらしい。日本代表経験者とはいえ、国際大会でメダルを獲ったわけでもないやり投げ選手の記録と試合運びを事細かに記憶しているなんて、綿貫の頭の中はどうなっているのか。

「本当ですよ」

義父への視線を遮《さえぎ》るように、犬飼は冷ややかに念押ししてきた。

「別に、疑ってはないですけど」

「僕がこの家で疎外感を覚えて無理をしてるなんて思ってたら、ぶん殴りますよ」

あはははっと笑い交じりに言うくせに、「ぶん殴りますよ」だけは本気なのがよくわかった。こいつは俺が今まで出会った人間の中で、一番得体が知れないかもしれない。

「皆さん、綿貫さんが買ってきてくれた苺大福、食べませんか？」

このお店の苺大福、大好きなんですよね～とキッチンに向かう和泉に、犬飼は「俺はいいよ」と投げかけ、リビングの大きな掃き出し窓から一人ウッドデッキへと出ていく。

「御子柴さんは甘いものは食べますか？　大福なら脂質は低いから、大丈夫ですかね？」

苺大福の箱を手にやって来た和泉に、「カレーチキンをいっぱいいただいちゃったんで」と断りを入れ、カーテンの隙間から、恐る恐るウッドデッキを覗いた。

屋根付きのウッドデッキには棒高跳のポールが何本も転がっていた。ポールの上部に書かれた数字を見る限り、硬さにばらつきがある。ポールの硬さはフレックス値で表され……ポールの両端を固定し、真ん中に50ポンドの重りをつけたときのたわみ方で計測されると狐塚翠に教えられた。

フレックスの値を見る限り、犬飼のポールは陸が使っているものよりずっと硬い。レベルの高い選手ほど硬く長いポールを使うようになるらしいが、これがアスリート芸人とアスリートの差かと笑い出しそうになった。

和泉家にはそこそこの広さの庭まであった。ガーデンライトに煌々《こうこう》と照らされているのは、季節の花々でも真っ白な犬と犬小屋でもなく、棒高跳の助走路とマットだった。

「……庭に棒高跳セット一式っ？」

ウッドデッキへ出てまじまじと見つめても、やはり棒高跳の助走路と、支柱と、着地マットだ。

「お義父さんが作ったんですよ。俺が小学五年生のときに」

首から肩、腕、腰、太腿、アキレス腱、足首と順繰りにストレッチをした犬飼は、軟らかめのポールを一本抱えて庭に下りた。

朝、洗面所で顔を洗うかのような動作で、彼は助走路の先に立った。

「この助走路、ちゃんとゴム製なんですよ。ゴムを敷くだけじゃ硬すぎるから、競技場の感触に近くなるように木製のパレットを噛ませてるんです。全部、両親のＤＩＹですよ」

「大学でも跳躍練習して、家でも跳んでるの？」

敬語を使い忘れたことに気づいた。犬飼は気にすることなく「たまにですよ」と答えた。

「練習というより、気分転換したいときに跳ぶんです」

ゆるりとポールを構えた犬飼は、助走路の先にそびえる支柱とゴム製のバーを睨みつける。暗がりに浮かぶ彼の姿は、昼間に見るより不思議と神聖なものに見えた。

じゃあ今、何の気分転換をしたかったの。なんて野暮なことを聞くことはできなかった。アスチャレの撮影隊が来て騒がしかったから。きっとそういうことだ。

自分の歩幅を見定めるように、緩やかに犬飼は助走した。ガーデンライトが彼の輪郭を際立たせ、動きがより鮮明に陸の目に映る。

とん、とポールをボックスに差し込み、踏み切り、スイングし、空中で犬飼の体が翻る。ゴムバーにかすりもせず、犬飼はマットに着地した。

「ねえ」

ウッドデッキの柵に頬杖を突いて、投げかける。

「犬飼さんって、結構性格悪いでしょう？」

犬飼は再び助走路へ向かう。無視されるかと思ったが、犬飼は確かに陸の方を見た。

「いいと思ってるんですか？」

「いや、全然。ただ、テレビとか雑誌とかでは随分猫を被ってるみたいだから」

「当たり前でしょう。世間の皆様は、品行方正で好感度の高い、健やかで爽やかなアスリートを求めてるんですから。そうじゃないアスリートなんていらないんですよ」

大袈裟な……という感情と一緒に、「確かにそうだ」と納得もしてしまう。

「なるほどね」

芸人だって同じだ。面白ければ人間性なんてどうでもいいなんて、一昔前の話だ。たとえ舞台の上やカメラの前ではヒールキャラでも、〈素《す》はいい人〉が求められる。コンビ仲の悪い芸人はウケず、仲良しコンビの方が人気が出る。面白さと同じくらい好感度が大事。スポーツ選手なら、なおのことだ。

「オリンピアンが代表ユニフォームをちょっと着崩したら大炎上して謝罪会見までやらされる時代ですよ？　女子選手がちょっと化粧しただけで『競技に集中してない』って叩かれる。ちょっとパチンコに行ってタバコ喫《す》っただけで犯罪者みたいに週刊誌に書かれてCMから降ろされる。好感度は高いに越したことないですよ」

「それで、あんなに外面《そとづら》よくしてるってわけ？」

「事故死したオリンピアンの息子。恵まれた競技環境を与えてくれた義理の親への恩返し。天国の両親のためにオリンピックでメダルを目指す。マスコミや世間が求めるのはそういう感動ドラマなんですよ。感動して泣いて、なんかいい気分になって、勝手に自分も頑張ろうって思う。本当の俺がどういう人間かなんて、必要ないでしょう？」

そう言って犬飼はもう一本跳んだ。今度は先ほどより低く、ゴムバーは上下に揺れた。

世間が求めるのはアスリートの感動ドラマ。品行方正で好感度の高い健やかで爽やかなアスリート。こいつは与えられた役回りを、家の中でも全うしているのだろうか。

「どうして俺の前では性格悪いキャラをチラチラ見せるわけ？」

マットを下りた犬飼に再び問いかける。芝生の上に転がったバーを拾い上げた彼の表情は、ちょうどガーデンライトが逆光になって霞《かす》んでしまった。

「御子柴さん、やりたくないことも、やれと言われたら黙々とやるタイプでしょう。お義父さん達が毎週アスチャレを見てるんで、よくわかりますよ。文句を言いながらも、目標達成のためにトレーニングして、なんだかんだで無茶振りをクリアするじゃないですか」

世間が犬飼に品行方正な爽やかアスリート像を求めるなら、アスチャレ芸人である御子柴陸は「文句を言いながらも頑張って練習し結果を出すキャラ」を求められる。

これは決して、誰かに強制されたキャラではない。番組の中で陸が自然と生み出した立ち位置だ。それが次第に、視聴者から求められるものに変わった。

求められるキャラを全うできなくなったとき、真面目に練習をしなくなったとき、結果を出せなくなったとき、きっと自分はアスチャレに必要なアスリート芸人ではなくなる。

芸事としての笑いではなく、スポーツでパフォーマンスを提供することを求められる芸人がそれをできなくなったら、番組を去るしかない。

「御子柴さんは余計なことを絶対にしないんですよ。俺が実は性格が悪いってSNSで暴露したり、動画を晒《さら》したりすることもしない。そんなこと番組に求められてないから」

かさりと芝生が乾いた音を立てる。犬飼がこちらに歩み寄ってきた。

「俺ね、そういう気質の人間のことは、信用できるなって思ってるんですよ」

ポイ捨てでもするように笑った犬飼は、「信用できるってだけで、好きではないですけどね」と肩を竦め、ポールをウッドデッキに置いた。

「そういえば、来週の東日本マスターズの競技会に出るんでしたっけ？　お義父さんが応援に行こうと言っていたので、俺も観に行きますね。精々、一緒に練習する御子柴さんを一所懸命に応援する犬飼優正をやらせていただきます」

カラカラと窓を開け、犬飼はリビングに戻っていった。中から和泉と綿貫の笑い声が漏れ聞こえてきた。

風が出てきた。十一月の穏やかな夜風ではなく、かすかに冬の気配が滲む素っ気ない風だった。ゴムバーが上下に揺れた。

＊

予想していたよりずっと立派な競技場に気圧《けお》されそうになっている自分に気づいた。

「全然普通に陸上競技場じゃん」

陸の独り言をよそに、周囲では選手達が黙々とウォームアップをする。立派なスタンドを備えた競技場にはあちこちにテントが張られ、運営スタッフが忙《せわ》しなく走り回る。

「御子柴ちゃん、顔が強ばってるよ。社交ダンスの全日本選手権のときみたい」

隣でカメラのチェックをしながら、後藤が声をかけてくる。若手女優とペアを組んで選手権に挑む陸を撮っていたのは他ならぬ後藤だから、本当にあのときと同じ顔なのだろう。

「どんな企画でも、初めての大会は緊張しますよ。いくらマスターズとはいえね」

ポールの入ったケースを背負い棒高跳のエリアへ向かう陸に、カメラを抱えた後藤がくっついていては、嫌でも目立つ。アップをしながらこちらをチラチラと見る人もいれば、わざわざ「毎週見てますよ！」と声をかけてくる人もいた。

スタンドや芝生席の観客は疎《まば》らだった。ほぼ全員が参加選手の家族や知り合いだろう。だからこそ、アスチャレ関係者の一団が異様に目立った。谷垣の真っ赤な髪はもちろん、子供みたいに身を乗り出して競技場を眺めている綿貫も目立つ。大人しく座っているだけの狐塚翠までもが何故か目立つ。

何より、和泉順也と犬飼優正の存在感は、スタンドの下までしっかり届いていた。

「あそこ、犬飼優正がいるじゃん」

棒高跳のエリアまで来ると、そんな声まで聞こえてきた。ポールを出しては側の柵に立てかけていく他の選手達を見て、陸も真似してポールを置いた。

東日本マスターズ陸上競技選手権大会は、東日本の二十四都道県のマスターズ連盟に登録している選手が参加できる。同じ地区で競い合っている者同士なのか、よく東日本の競技会で顔を合わせるのか、ポールを見せ合いながら楽しげに談笑している選手が何人もいた。高校の体育祭のような和気藹々とした賑《にぎ》やかさもあり、どことなくぴりりとした緊張感もある。

「全部で十八人だっけ？　棒高跳の参加者」

後藤が今日の進行表とエントリーリストをチェックする。男性が十七人の女性が一人。上は八十歳で、陸のいるM30クラスが一番若い。

「意外とさ、その、年配の人が多いんだね」

彼女の言う通り、棒高跳の参加者は五十代以上が六割以上を占めていた。M30クラスは、陸を入れて二人しかいない。

「八十歳ってさ、棒高跳やって大丈夫なの……？」

離れたところで、ストレッチをする明らかに八十代の男性を眺めながら、恐る恐る後藤が聞いてくる。自分のカメラが死人を撮ることにならないかと危惧している顔だった。

「俺に聞かないでくださいよ。ただ、俺は八十で棒高跳はやりたくないですよ。全身の骨が粉々になります」

午前十時の競技開始まではまだ時間があるが、棒高跳の参加者十八人はすでに集合していた。運営スタッフがやって来て「今日はテレビの撮影が入りますんで！」とアナウンスするので、陸は周囲に「お騒がせします！　日曜夜八時放送のアスリートChallengeです！　ぜひ見てください！」といつも通りの挨拶をした。

「うわっ、ホントだ。パセリパーティの御子柴さんじゃないですか！」

明らかに三十代の男が駆け寄ってきた。ご陽気に跳ね回る茶髪のパーマ頭は、年配者が多い中で特別若々しく見える。

「出場者のリストを見て、まさかって思ってたんですよ。まさか本当にアスチャレの撮影が入ってるなんて。しかも僕と同じM30クラスに出場だなんて感激です」

「ど、どうも」

後藤の持つエントリーリストを覗き込む。M30クラスに登録されたもう一人の名前は、漆原翔《うるしばらしょう》といった。

「M30クラスだと、いつも一人か二人しか参加者がいなくて張り合いがなかったんですよね。一緒に頑張りましょう」

犬飼とはまるで違う、裏表のなさそうな潑剌《はつらつ》とした顔で右手を差し出される。

「この間のクリケット対決も面白かったですけど、今回はどんな企画なんですか？」

「棒高跳のマスターズ日本記録を目指せって無茶振りをされてます」

「日本記録ですか。それはまた大変な企画ですね。頑張ってください」

陸が握手に応じると、漆原の視線が柵に立てかけられたポールへと移った。ポールの中央に貼られた「王」のロゴマークに、目を見開く。

午前中の浅い日差しに、漆原の目が爛《らん》々と輝いた。

「うわ、何ですかこのポール！　初めて見るやつだ」

触っていいですか？　と断ってから、漆原は王様ポールを手に取った。

「ペーサーでもスピリットでもノルディックでもないだと……？　これ、どこで手に入れたんですか？」

まだ棒高跳企画はオンエアされていないのだが、狐塚のポール製作自体はマスコミに取り上げられているし、話しても構わないだろう。かいつまんで王様ポールの説明をすると、いつの間にか他の参加者がわらわらと集まってきて王様ポールを手に取っていた。

国産ポールが存在しないということは、この人達もわざわざ海外製を取り寄せて競技をしているんだよなと、今更ながら陸は思った。側に立てかけられている何十本ものポールも、よく見れば同じロゴが入ったものばかりだ。

「王様ポール、俺でも買えるんですか？　ちょっと試してみたい」

「スタンドに開発者がいるんで、聞けばすぐ教えてくれるんじゃないですかね」

「やったあ、競技会が終わったら連れていってください」

ちゃっかり頼まれてしまったが、ポールをほしがる選手がいる分には狐塚も喜ぶだろう。


午前十時ちょうどに試技は始まった。

練習跳躍をしたのち、年齢の高い選手から順番に跳ぶから、一番手はM80クラスの選手だ。実年齢は八十二歳だと、陸の隣に陣取った漆原が教えてくれた。

バーの高さは1m50でスタートした。白髪の老人がポール片手にゆっくり助走するのにはハラハラしたが、ボックスにポールを突っ込み、しっかりスイングし、バーを跳び越えた。陸も後藤も思わず「おお〜」と声に出してしまったし、他の選手からは拍手が湧いた。

順番に選手達が跳躍していく。クラスごとに最初のバーの高さが設定されており、クリアすれば10㎝ずつ高くなる。一つの高さに対し、チャレンジできる回数は三回までだ。

棒高跳は同じ記録の選手が二人いたら試技回数が少ない方が順位が高くなり、それでも決着がつかない場合は失敗の少ない方が上の順位になる。

よって、いかに少ない試技数、少ない失敗で進めていくかが鍵になる。失敗を少なくし、体力を温存するためにパスを選択することもできる。もちろん、パスした高さは自分の記録にならないから、使いどころが重要だ。

だがそれは犬飼のような人間がすべき駆け引きであり、マスターズの競技会でそんなものは必要ない。順位はクラスごとに決まるから、二人しか出場者のいないM30クラスでは、最低でも二位が確定している。

「ねえねえ、御子柴さん」

ぼちぼちM30クラスの試技が近づいてきたところで、漆原が声をかけてきた。

「M30は俺達しかいないから、自動的に一位と二位は俺達で決まりじゃないですか」

——それ、つまらなくないですか？

ふふっと笑った漆原は、何故か粘っこい視線で陸の顔を覗き込んだ。

「棒高跳って、続けるのが難しいんですよ。ただでさえポールの値段は高いし、ポールを競技場まで送る輸送費もめちゃくちゃかかるし、練習場所を確保するのだって一苦労です。大学まで続けられたとして、実業団に行くレベルの人間以外が社会人になって棒高跳を続けるなんて、めちゃくちゃハードルが高いです」

目の前を、M40の一番若い選手がポールを担いで歩いていく。漆原はその後ろ姿を見て、小さく溜め息をついた。

「棒高跳に僕らと同世代の参加者が少ないのも仕方がないんですよ。三十代で働きながら、下手したら結婚して子供を育てながら棒高跳を続けるなんて、金銭的に苦労しますから。五十代、六十代の選手が多いのも、そういう理由からですよ。子育てやら何やらが落ち着いて余裕が出てきたから、できる」

「でも、漆原さんは続けてるんですよね」

「僕は運よく結構稼げてますから。独身ですし、棒高跳をＯＫしてくれる人が現れるまで結婚もするつもりないですし」

　この男は何が言いたいのだろう。先ほど「つまらなくないですか?」と投げつけられた粘ついた視線が脳裏から離れない。

「今までの競技会も、対戦相手なしの記録との戦いって感じで、正直張り合いがなかったんですよね。だから御子柴さん、せっかくなんで僕とバチバチにやり合いましょうよ。その方がアスチャレも盛り上がりませんか?」

　そりゃあ、参加賞で二位になるより、ライバルと一位をかけてやり合う方が盛り上がるに決まっている。Ｍ30クラスの参加者が二人なのを見て、綿貫がすでにそんな青写真を描いている可能性だってある。

　Ｍ40の選手の試技が終わり、Ｍ35は誰もいないから、いよいよ陸達Ｍ30クラスに試技が回ってきた。最初の高さは２ｍ70。練習では余裕で跳び越えてきた高さだ。

「すいませーん、漆原は2m70をパスします」

漆原が高らかに宣言する。お前はどうする？　と陸を見て首を傾げた彼を尻目に、王様ポールを手に取った。

余裕で跳べる高さだが、万が一、初めての競技会で「記録なし」なんてことになったら、間違いなく今日のロケは全カットだ。

余計なことは絶対にしない。やれといわれたことを黙々とやる。犬飼の言葉をふと思い出す。あまりにその通りで怒りも情けなさも感じない。むしろ「そんなことはわかっている」と頭が冷静になる。

助走路に立ち、ポールを構える。自分に視線が集まるのを感じた。後藤のカメラが視界の端に映り込む。

ああ、これは、練習とは全く違う緊張感だ。

風が凪《な》いだのを見計らって、陸は大きく踏み込んだ。推進力、推進力……そう念じながら、ボックス目がけて全力で突っ込んでいく。

踏み切りのための歩幅の調整が上手くいかなかった。踏み切り体勢に無理矢理入ると、気持ちの悪い違和感が足首にまとわりつく。それを振り払うように、王様ポールをぐにゃりと曲げた。左足をスイングして、ポールからの反発を上へ跳ぶエネルギーに変える。

ポールの長さが3m66だから、2m70はあっさりクリアできた。バーにウエアが触れることすらなく、綺麗な軌道を描いて陸は着地した。

クラス的にはたいした高さではないのに、大袈裟な歓声と拍手が聞こえた。待機していた棒高跳の選手達も、先ほどの八十二歳の男性に送ったのと同じだけの拍手をくれた。

競技は続いていくが、漆原はパスを繰り返しなかなか跳ぼうとしなかった。とりあえず記録は残せたから、陸も練習でよく跳んでいる4mまでパスを使った。M80の選手は2mを跳び、M60のクラスでも3m近い記録が出たが、4m台となるとさすがにM30クラスの自分達しかいない。

「漆原さん、まだ跳ばないんですか？」

4m10を無事一発で成功させ、相変わらずパスをし続ける漆原に問いかけた。のんびりストレッチをする姿は、パーマのかかった髪と同じくらい優雅だった。

「逆に聞きますけど、御子柴さんの自己ベストはどれくらいなんですか？」

「一番跳べたのは4m20ですけど」

「え、すごいっすね。始めたばかりなのにもうそんなに跳べるんだ。天性の才能ってやつだなあ、そりゃあ日本記録を目指しましょうともなりますよ」

褒められているのには違いないのだが、どうにも嬉しくない。「天性の才能」とやらを前にしても、彼は悠然とパスし続けているのだから。

「じゃあ、俺は4m30から跳ぼうかな」

俺とやり合う前に４ｍ20で脱落しないでね。そう言いたげな顔で、漆原は手を振った。

４ｍ20は、不思議と４ｍ10よりずっと高く感じる。助走路に立って、陸は鼻から大きく息を吸った。

自己ベストではあるが、成功したのはたったの一回だ。風向きや風量、助走のまとめ方、踏み切り位置、いろんなものが噛み合わないと跳べない高さだった。

大きく前に踏み込んだ。ポールの先端がぐらりと揺れたが、両手に力を入れて耐えた。足裏で地面を蹴る重たい音が蠢《うごめ》く。ハムストリングに走る圧が歩幅を教えてくれた。うん、いいはずだ。上手く跳べるときの感覚だ。

助走のラスト三歩で勢いを殺すな。橋本の助言を守り、突っ込み動作に入る。自分の体の中心から矢印がポールに向かって伸びる。エネルギーがポールに伝わる。「王」のロゴマークが入ったポールは弓なりに曲がり、推進力が反発に変わり、陸の体に返ってくる。

左足を思い切り蹴り上げると、いつもより軽やかに体が浮いた。小学校の頃通っていた体操教室での鉄棒を思い出す。回転技を決めるのが楽しくて、そればかりやっていたら何故か指導者に「調子に乗るな」と理不尽に怒られた。

そんな嫌な思い出も、重力から解放されてどこかへ行ってしまう。ポールを手放す瞬間にぐっと腕に力をこめると、あんなに高かったはずの４ｍ20を越えていた。

今更ながら、今日はいい天気だ。青空にバーが一本浮かんでいる。歓声と拍手が下から陸を包む。挑んだ高さをクリアした者だけに与えられる景色だった。

思わず、落下しながら両手で「よしっ」とガッツポーズを取っていた。このロケの見せ場はちゃんと作れた。仕事をした。それ以上の「跳べた」という達成感だった。

「じゃあ、漆原もそろそろ跳びまーす」

陸がマットを下りた瞬間、漆原がポールに手を伸ばした。陸が使うものより1m近く長いポールを手に、助走路に立つ。

深呼吸を繰り返すことも、目を閉じて気持ちを整えることもせず、まるでコンビニにふらっと立ち寄るように、漆原は助走した。

力みを感じさせない軽快な助走を最後までキープし、ラスト三歩で流れるようにポールをボックスに突っ込み——空高く舞い上がった。

4m30のバーなど存在しないかのように、その遥か上を悠々と通過した。

その様子を、マットの側から一歩も動けず陸は眺めていた。

「こんなもんかなあ」

よいしょ、と勢いをつけて起き上がった漆原は、近くにいたスタッフに「漆原、次は4m80からでお願いします」と告げた。

そして、陸の名前を呼んだ。

「ご存じないみたいなんであえて言いますが、棒高跳のマスターズM30クラスの日本記録

５ｍ30を持っているのは、僕ですよ」

マットから下りた漆原は、再び握手を求めてきた。マスターズを舐《な》めるなよ。彼の掌の生命線が、そう訴えかけているようだった。

４ｍ30は、あっさり失敗した。

3

「ああ～三本目も駄目か……」

御子柴陸が三本目の４ｍ30を失敗するのをスタンドから確認し、ディレクターの谷垣はがっくりと肩を落とした。直後、「ま、でも初めての競技会なら上出来っしょ、さすが御子柴さん」と笑顔でグラウンドに駆けていく。この切り替えの早さ、羨ましい。

M30クラスの一位は、５ｍ10を跳んだ漆原翔だった。５ｍ20にも挑んだが、三本目でクリアしたかと思ったらウエアが擦れてバーを落としてしまった。

「優勝した漆原って人、日本記録保持者なんでしょ？」

棒高跳だけでなく、競技場で行われているすべての種目を観るのに忙しい紅一に問いかける。すぐさま「マスターズにいるのが少しもったいなくもあるよなあ」と返事があった。

「でも、いいライバル登場じゃん。やっぱり御子柴は持ってるなあ」

にやりと笑った彼は、スタンドの下に現れた谷垣に向かって声を張り上げた。

「谷垣ぃ、一位の漆原さんのコメントも取って！　あと連絡先も押さえて！」

ガッテン！　と右手を突き出して、真っ赤な髪の谷垣は棒高跳のエリアへ走っていく。見た目は随分と派手だが、仕事ができそうな子だ。

「漆原さん、三十歳で5ｍ30が跳べるなら、競技を続けてればもっと跳べたでしょうね」

隣で犬飼が呟いた。その横には和泉順也がいて、さらに隣には橋本がいる。競技会の観戦にしては豪華すぎるメンツだ。息子のコーチということで和泉は橋本とも親しいらしく、紅一と一緒に競技場のあちこちを指さしては歓声を上げたり拍手したりしている。

「御子柴さんの4ｍ30も惜しかったね。体はバーより上に行けてる感じなんだけど、10㎝高くなった途端に空中動作がぎこちなくなっちゃった感じ」

犬飼君から見てどうだった？　と話を振ると、彼は意外にも明瞭に話し出した。

「あの人、狐塚先生に最初にもらった3ｍ66の軟らかいポールを使ってるんですよ。バーが高くなればなるほど〈抜き〉も高くなってクリアするのが難しくなるから、さっさと長くて硬いポールにしたらいいんじゃないですか？」

〈抜き〉とは「ポールを握った部分」と「バーをクリアするために必要な高さ」の差だ。〈抜き〉が大きければ大きいほどポールより高いところに体を持っていく必要があるから、ポールの扱い方や空中動作が重要になってくる。

御子柴陸の場合、３ｍ66のポールで４ｍ30を跳ぶには、約70㎝程度の〈抜き〉が必要になる。犬飼なら１ｍ近くを叩き出せるだろうが、棒高跳歴三ヶ月の御子柴には酷だ。

「じゃあ、ちょっと硬めの４ｍでも用意してみようかな」

「４ｍ30あたりでもいいんじゃないですか？　あの人、運動神経はすごいからすぐ慣れると思いますけど。どうせ５ｍ30にチャレンジするならもっと長いポールが必要なんだし」

犬飼は意外と御子柴のことを買っているようだ。ややぶっきらぼうな言い様がおかしくて、笑い出しそうになる。

「それ、御子柴さんに直接アドバイスしてあげたら？」

「ポールを調整する狐塚先生に伝えた方が手っ取り早いです」

「それはそうかもしれないけど」

競技場の端でわちゃわちゃとコメントを取られていた御子柴と漆原だったが、しばらくすると二人揃ってスタンドに姿を現した。谷垣が二人の背後から紅一に向かって熱烈にピースサインをしている。漆原から撮影協力を無事取りつけたのだろう。

「漆原さん、こちらが王様ポールの開発者の慶安大の狐塚先生です」

唐突に御子柴によって紹介され、翠は慌てて椅子から立ち上がった。

「棒高跳用のポールを作られてるんですね！　すごいです！」

マスターズ日本記録保持者だなんてどんな人だろうと思っていたが、意外にも気さくな……紅一や谷垣と同じカテゴリーの陽気な男だった。くるくると波打つ茶髪までご陽気だ。

「でも、市販のポールにないすごい秘密が隠されてるとか、とんでもない記録が手軽に出せるとか、そういうポールではないんですけど……」

「いえいえ、ポールの選択肢が一つ増えるってだけで嬉しいし興味津々ですよ。ちなみに、販売価格はどれくらいで考えてるんですか？」

漆原の目は本気だった。買うつもりのある目だ。

「14フィート、六、七万円台で考えてます」

「え、マジですか？　海外製だと、十万プラス馬鹿高い輸送料ですよ？」

「でも、海外では14フィートで六万円程度が相場ですから。物価的には四、五万円の買い物をする感覚だそうです」

ちょっと高価なクリスマスプレゼントとして、親が子に買ってあげることができる。初めて買ってもらった短く軟らかいポールで棒高跳の真似事をした子供は、早い段階から棒高跳の面白さを知り、競技の道を志す。

日本でいえば、バットとグローブとボールを買い与えられた子供が、少年野球クラブに入るのと同じようなものだ。そういう子が日本全国に大勢いる。高校野球が盛り上がるのも、日本の野球が世界的に強いのも、根本にはそれがある。

棒高跳がそんなふうになれば、一体、日本記録はどこまで伸びるだろう。何十年とご無沙汰のオリンピックでのメダルも、いつか獲得できるだろう。

「それ、大事件ですよ。俄然《がぜん》興味が湧きました。まだ試作段階なんですか？　試しに一本買って跳んでみたいんですけど」

「まだ販売までは漕《こ》ぎ着けてないんですが、試作品は学内の施設で耐久性能調査もバッチリやってます。ご興味があるようでしたら、ぜひ試して使用感を聞かせてください」

「やったあっ！　試します、試します！」

スマホを引っ張り出し、漆原と連絡先を交換した。彼がよく使うポールの長さと硬さも教えてもらい、ひとまずその数値でポールを試作することにする。

マスターズの日本記録保持者から試作ポールの感想を聞けるなんて、またとない機会だ。

「いやあ、大収穫じゃないですか、翠ちゃん」

犬飼と和泉順也に握手と記念撮影を求める漆原を尻目に、紅一は満足そうな顔をしていた。この男、もしや――。

「紅一、あんたはこうなることを見越してたの？」

そもそも、日本記録保持者の漆原翔と御子柴陸の一騎打ちになることを予想して、この競技会をロケに選んだ可能性すらある。

「偶然に決まってるじゃない。御子柴も翠ちゃんも持ってるねえ、運を持ってるよ」

なあ御子柴？　と紅一が客席に腰掛けてげんなりしていた御子柴の肩を叩く。彼は力なく「運なんて持ってねえっすよ……」とうな垂れた。

東日本マスターズ陸上競技選手権大会で二位と言えば聞こえはいいが、参加者は二人だ。しかも自身が失敗した高さを漆原に軽々とクリアされては、落胆もするだろう。

事実、漆原が加わって騒がしさの増す中、御子柴は静かに溜め息をついた。

「悔しかったですか？」

翠の問いに、御子柴がゆっくりと顔を上げる。視線を泳がせ、迷いに迷った末に、「そうですね」と頷いた。

「俺みたいなアスリート芸人は、結果を出して番組を盛り上げないといけないのに」

「でも、まだチャレンジは始まったばかりですし、易々《やすやす》といい結果が出せるほどマスターズだって甘くはないですよ」

「不思議なんですよね。漫才のコンテストの一回戦で落ちたのは仕方がないって思ったのに、棒高跳で負けて、悔しいって思うんだなって」

自分から「悔しかったですか？」と聞いたくせに、反応に困ってしまった。御子柴の抱えた深い深い葛藤の渦を覗き込んでしまった気がした。

「皆さん、リレーが始まりますよ！」

漆原が手招きをしてみんなを呼び寄せる。紅一、谷垣、和泉、橋本が、子ガモのようにわらわらと引き寄せられていく。四人でそのうち世界陸上観戦ツアーにでも行ってしまいそうな予感がした。

「ほら、御子柴さんに犬飼さんに狐塚先生も、東日本マスターズ名物、チーム風林火山《ふうりんかざん》のリレーですよ」

言われるがままスタンドの最前列に立つと、トラック上で四つのチームがリレーのスタンバイをしていた。どうやら4×100mリレーが始まるらしい。クラスの異なるリレーチームが同時にスタートするようで、メンバーの年齢層が面白いくらいバラバラだった。

四チームのうちの一つだけ、明らかに年齢がずば抜けて高い。

「え、僕のおじいちゃんより年上ですよ絶対……」

谷垣の言う通り、外枠に入ったチームは四人中三人が白髪で、一人は坊主頭だった。足や腕の皮膚の張りからして、八十代だろう。

「あの四人は東京マスターズの風祭《かざまつり》さん、林《はやし》さん、火野《ひの》さん、山之上《やまのうえ》さんの通称・チーム風林火山です。全員同い年の八十四歳。全員の年を足したら三百三十六歳。M80クラスの4×100mリレー日本記録1分3秒10を持ってます」

はああ……と一同が感心する中、漆原の解説は続く。

「日本記録更新と夢の1分切りを目指して競技会に出るんですが、なかなか更新できなくて。いよいよ来年はM85クラスに上がってしまうので、それまでに新記録を打ち立ててほしいんですよね。ちなみにチームスローガンは『日本記録が先か、寿命が先か』です」

どこまでが冗談だろうと思いながら聞いていたが、どうやらすべて本当らしい。

4×100mリレーがスタートする。チーム風林火山が有名なのは本当らしく、スタンドやグラウンドのあちこちから彼らへ声援が飛ぶ。

ガンバレ風林火山！　一分切れるぞ！　寿命に負けるな！　今日はテレビが来てるぞ！

……運営スタッフまでもが手を叩いて老人の激走を応援する。

一緒に走るのがM40とM55クラスのチームだから、チーム風林火山の第一走者・風祭はどんどん差を広げられていく。それでも懸命に腕を振る。眼差《まなざ》しだけは100mで9秒台を出せそうなくらい真剣で、力強い。

「うわっ、風林火山すげえ！　アンダーハンドパスしてるじゃねえか」

叫んだ紅一がそのままスタンドから飛び降りていきそうで、慌ててパーカの背中を摘まんだ。確かにチーム風林火山のバトンリレーはアンダーハンドパスだった。

受け手が掌を上にしてバトンを受け取るのではなく、下向きに広げて受け取ることでフォームが崩れず、スピードを維持しやすくなる。難度が高く、リレーの日本代表チームも国際大会の舞台で綱渡りをするようにこのバトンリレーでメダルに挑んできた。

まさかそれを、八十四歳のリレーチームがやるのをこの目で見るとは。紅一は「チーム風林火山、本気で日本記録を出しにきてるな」と往年のファンのような顔をしている。

チーム風林火山はミスをすることなくアンカーまでバトンをつなぎ、すでに他のチームがゴールしてしまった中、最後の直線を山之上が駆け抜けた。

タイムは――1分4秒36だった。

「くそう!」

ゴール直後に倒れ込んだ山之上が、バトンを握り締めた手で地面を二度叩いた。そこに風祭、林、火野がやって来て、すぐさまアンダーハンドパスの練習を始める。どうやら、第二走者から第三走者へのバトンパスでもたつきがあったらしい。

それでも、競技場のいたるところから拍手と声援が飛んだ。「惜しかった!」と叫ぶ漆原と一緒になって、紅一も「ナイスチャレンジ!」と両手を高らかに打ち鳴らしていた。

4×100mリレーを1分4秒36で走る。全く速くないし、圧倒的パフォーマンスに度肝を抜かれるというわけでもないのだが、これはこれで見ていて楽しい。

ふと振り返ると、御子柴はスタンド席に腰掛けたまま、会場の雰囲気とは正反対の顔をしていた。チーム風林火山の激走ではなく、ここではない違う場所に思いを馳《は》せている。

少し離れたところで、犬飼も似たような様子だった。

第三話

全人類がキプチョゲの夢を知ってる前提で話さないでくださいよ

1

ジムは静かだった。普段は筋トレに勤《いそ》しむ彼らも、年末は家族と過ごしているのか。トレッドミル備え付けのテレビ画面には、陸の顔が映し出されていた。日曜の午後八時。アスリート Challenge の時間だ。

いつも収録をしているスタジオ近くの会議室で、パセリパーティ御子柴陸が番組プロデューサー・綿貫紅一から棒高跳にチャレンジしろと命じられるシーンから、今日の放送は始まった。あれ？　あのときカメラマンなんていたっけ？　と思ったが、すぐにどうでもよくなる。隠し撮りされるのにもすっかり慣れてしまった。

陸が棒高跳へのチャレンジを渋々了承したところで、番組タイトルがコールされ、映像はスタジオに移る。ＭＣから「御子柴ぁ、また大変なことになってるな」と振られた陸は、視聴者に不快感を与えない程度の顰めっ面で「そうなんですよ〜」と肩を落としていた。

トークが終わり、軽快な音楽と共に二頭身の陸のイラストが画面に現れる。

〈御子柴陸の「鳥人王に俺はなる！　〜目指せ！　棒高跳でマスターズ優勝〜」〉そんなタイトルが、ナレーターによって力強く読み上げられた。二頭身の陸はポール片手に駆け出し、タイトルをバーに見立てて跳び越えていく。

なんだよ、鳥人王って。はずれかけたイヤホンを直しながら、陸は喉の奥で呟いた。

『さあ、いつも通り文句を言いながらもちゃんと練習に現れた御子柴さんです——』

ナレーションと共に、陸が谷垣と慶安大のグラウンドに向かう。棒高跳コーチの橋本が現れ、イケメンアスリート・犬飼優正が現れ、陸がぶっつけ本番で棒高跳に挑む。

初回は陸が初めて４ｍを跳ぶところまで放送された。陸と犬飼がにこやかに話すシーンもバッチリ放送され、二人の名前をもじって「柴犬《しばいぬ》コンビ」だなんて命名された。

七月のマスターズ競技会で日本新記録を目指す陸と、七月開幕のパリ五輪を目指す犬飼。来年は柴犬コンビの奮闘から目が離せないぞ。そんな雰囲気で鳥人王コーナーは終わる。年内最後の放送にもかかわらず、一時間番組でたっぷり三十分も使われていた。

スタジオトークでは、高所恐怖症のバブルガム沢渡と陸のやり取りがサクッと終わり、次のコーナーに移る。トレッドミルのモニターが15キロを示した頃、「来年のアスチャレもよろしくー！」というＭＣの挨拶で番組は終わった。

ＣＭを挟んで始まったのは、クリスマスに開催された漫才コンテストの優勝者に密着するドキュメンタリーだった。朝五時にマネージャーに叩き起こされ、タクシーでテレビ局に向かうのは……会ったこともない二十代の漫才コンビだ。

分刻みの仕事に忙殺される彼らを、陸は規則的な呼吸を繰り返しながら眺めていた。

「三十歳までに結果出したかったんすよ」「今年二十九なんで、ぎりぎり間に合いました」「先に売れた同期や後輩を追い抜かないとですね」「睡眠時間が短くてキツいですけど、仕事が楽しみです」……忙しすぎて顔色が悪いのに、二人とも笑みを絶やさない。

三十歳までに結果を出したい。

それは、三十を過ぎても結果を出せない芸人への嫌味か。二十代の自分だって同じことを思っていたくせに、嫉妬と羨望がまぜこぜになって濁る。こいつらよりドクダミ薬味の準決勝の漫才の方が面白かった。そう思うのは本心なのか、汚い感情がそうさせるのか。

こいつらより俺達の方が――とは微塵《みじん》も思えない事実が、胃袋の下あたりに突き刺さる。

チャンネルを変え、しっかり20キロを走り切った。さっさと帰って酒でも飲んで寝よう。そうやってヤケになる自分も確かにいるのだが、走ると決めた距離はしっかり走るし、酒も飲まない。律儀なアスリート芸人である自分が、余裕で勝つ。

誰もいないシャワールームで汗を流しながら、果たして俺は今、お笑い芸人と言えるのだろうか？　と思った。今更すぎて、シャンプーの泡と一緒に洗い流せてしまった。

三十代初の年越しは、自宅近所の公園でピッチ走をして、ベンチを使った昇降運動をして、ジムでバーベルをひたすら持ち上げて過ごした。年明けは「今年こそ決勝に行ってやる！」と意気込むドクダミ薬味の二人と新年会をした。

明けましておめでとうという言葉と共に、富永から「話がしたい」とメッセージが来たのは、箱根駅伝が終わった頃だった。

＊

「社員にならないかって誘われた」

ビールに少しだけ口をつけると、富永はそう切り出した。年の瀬からずっとバイト先の居酒屋が忙しく、三が日が終わったと思ったら新年会で忙しく、一月も三週目に入ってやっと落ち着いた——そんな話の流れで、あまりに見事に、自然に、伝えられた。

「社員になって店長やらないかって」

富永の顔には、年末年始の疲労が油汚れみたいにこびりついていた。店員の動きが気になるのか、先ほどから視線が落ち着かない。ここは自分が勤める店でもないのに、客の「すいませーん」が聞こえるたび、注文票を持ってそちらに飛んでいきそうだ。

「引き受けるの？」

店長を？　とは続けられなかった。けほっと小さな咳《せき》に変わってしまった。

「悪いと思ってる。俺から誘ったのに」

間の話を全部飛ばして、富永は謝罪してきた。「ごめん」と下げられた頭の、高校時代から変わらない左巻きのつむじは、腹が据わっていた。

「解散、ってこと？」

「いろいろ、長いこと考えてたんだよ、俺なりに」

陸の言葉尻に被せるように、富永は顔を上げて続けた。

「三十になっちまったな、って。ドクダミ薬味みたいに、四十になっても、こう……一発逆転してやろうってネタを作り続けられる人なら、まだまだやれるのかもしれない。でも、俺は最近、どうしたら未来に怯《おび》えなくていいんだろうとか、どうすれば彼女と結婚して幸せにしてやれるかなとか、そういうことばかりを考えてるんだよ」

富永には付き合って三年になる同い年の彼女がいた。区役所勤めの公務員だと聞いた記憶がある。そんなお堅い職業の人とどこでどう出会ったんだよ、と茶化しもした。同い年なら、彼女だって結婚や出産についても考えているかもしれない。

「ネタだって、去年は二本しか作ってない。バイトが忙しいって言い訳して怠けてた」

「いや、それは、俺もお前にネタ作りは丸投げしてたから」

「何が怖いってさ、俺、バイトばかりしてるのに、全然焦んなかったんだよ。芸人なのにネタも作らないで何やってるんだよって、そういう不甲斐ない気持ちにならなかった。めちゃくちゃバイトに精を出してて、やり甲斐も感じちゃってた」

結構、満足してた。ぼそりと続けた富永が、苦々しい顔でビールを呷る。たいした量は飲まず、押し潰すように枝豆を齧った。「塩振り忘れてねえか、これ」と顔を顰める。

「なんかさあ、彼女にそういうところをいろいろ指摘されて、ちゃんと考えないといけないんだって思ったんだよ。このままだらだらバイトリーダー兼芸人じゃあ、まずいって」

お前もそう思わないか？　とばかりに富永がこちらを見てくる。首を縦にも横にも振れなかった。握り締めた烏龍茶のグラスは結露し、掌がびちゃびちゃになっていた。

富永、お前はそういうことをぐるぐる考えるタイプじゃないだろ。昔から、そういうのは俺の仕事で、お前は考えず、悩まず、直感で生きていく奴じゃないか。

言ってやりたいのに言えない。そんな生き方が許されるのは二十代までで、三十代になったら否応《いやおう》なく考え、悩み、将来に怯えなければならないのだ。

芸人兼バイトリーダーではなく、バイトリーダー兼芸人と富永が言ったのに、不思議なくらいショックを受けていた。素直に「解散しよう」と言われた方がずっと楽だった。

自分だって、自分のことを〈お笑い芸人〉というより〈アスリート芸人〉だと思っているくせに。「三十歳までに芸人として芽が出なかったら諦めよう」なんて潔い決意に酔いながら、自分でネタを作ることも、富永に発破を掛けることもしなかったくせに。

「じゃあ、富永はすっぱりお笑いをやめて、居酒屋で店長になるってわけ？」

「そうだな。四月からどうだって言われてるから」

俺はどうすればいい。聞いてしまいそうになって、慌てて烏龍茶と一緒に飲み込む。

これが二十五歳だったら「俺をお笑いに誘ったのはお前だろ」と非難できた。きっとそうした。でも、三十までやったのだから、それはもう自分の意志だ。

二十五歳だったら「続けよう」と彼を説得できたのだと思う。

「御子柴はレギュラーもあるんだし、ピンでもやっていけるよ」

「レギュラーっていっても、お笑い芸人としての仕事じゃないけどな。何歳まで続けられるかわかんないし」

番組が打ち切りになるかもしれない。怪我をしたり、年齢的な衰えでアスリート芸人として活躍できなくなるかもしれない。陸の席を虎視眈々《こしたんたん》と狙う若手芸人だって大勢いる。

「お前、アスチャレで谷垣ってディレクターと掛け合いしてるときの方が面白いよ」

唐突に言われ、「え？」と彼を見る。富永は真っ直ぐ陸の目を見ていた。

「アスチャレ見てると、俺はもう、御子柴を面白くしてやれないんだなって思う。昔は、俺のネタが相方を日本一面白くできるって思ってたのに、今じゃ髪の毛がピンクの番組Dにすら勝てる気がしない」

「あれはさ……谷垣はそういうのじゃなくて、馴《な》れ馴れしくて図々《ずうずう》しい後輩みたいな奴だから、こっちもぽいぽい突っ込めるというか」

「でも、ああいう自然な感じの笑い、俺達はもうできないんじゃないかな」

そう言われたら、その通りだ。高校時代の雰囲気のまま、四十になっても五十になっても漫才を続けられるコンビもいるのだろうが、自分達はそうではなかった。互いにお笑い以外の別の仕事ができてしまって、そのウエイトがどんどん大きくなって、遠慮し合って、言いたいことを言わずに過ごした結果が、これだ。

ああ、そうか。そうなのか。

「お前がそう言うなら、やっぱり解散なんだな」


富永とは意外と長いこと飲んだ。店を出たのは午後十一時過ぎで、事務所に解散を伝えないととか、解散ライブくらい気合い入れてやるかとか、そんな真面目な話もした。お笑いとは関係ない話もした。富永の彼女のこと、彼女の両親に結構気に入られていること。解散してもいい友人でいようという富永の無言のメッセージだった。棒高跳の話をしながら、陸はそれをありがたく受け取った。

自宅の最寄り駅を出たところで、ドクダミ薬味の返田からのメッセージに気づいた。どうやら、富永が解散を持ちかけることを返田は知っていたらしい。去年の秋、準々決勝のあとに相談されたのだと書いてあった。

陸が、和泉順也・犬飼優正親子のホームパーティに招かれていた頃だ。あの日、パーティに行かず富永と話していたら。せめて、別れ際に富永に「俺達も頑張ろうぜ」と言っていたら。何か変わったのだろうか。変わったところで、それは幸運なのだろうか。

返田に礼を言おうとして、文字を打つのが面倒になって、電話をかけようとした。

あとは通話ボタンを押すだけなのに指が重い。

心配をおかけしてすみません。結局解散することになりました。俺はもう少し一人でやってみます……そう言ったら返田がどんな反応をするのか。

結局、別の人間に電話をした。意外にも三コールで出てくれた。

『おう、どうした御子柴。練習は順調か？』

アスチャレのプロデューサー・綿貫は、深夜にもかかわらず声に張りがある。駅前の賑やかな通りから住宅街に入ったせいで、余計にそう聞こえた。

「深夜にすいません。解散することになりました」

あんまりな切り出し方に、自分がまだ呆然としていることに気づいた。

『おお、解散か。それはお疲れ様だ。御子柴はどうするの』

「アスチャレもありますし、ピンで続けようと思います。それで、えーと……なので、パセリパーティ御子柴じゃなくなる可能性が若干あって……」

といっても、コンビの仕事などほとんどなかったし、事務所も「好きにしろ」としか言わないだろう。じゃあ、どうしてわざわざ綿貫に電話なんてしたのか。

『俺から言えるのは、鳥人王の企画が終わるまでは頑張れってことだ』

「はい、もちろん、そのつもりです。途中で投げ出したりしないです」

よろしくお願いします、と電柱に向かって頭を下げたとき、コンビを解散したら自分にはアスチャレしかないのだと思い知った。プロデューサーである綿貫の胸一つで陸の生活のすべてが決まる。だから、縋《すが》るように彼に電話をした。

綿貫が誰かと言葉を交わすのが聞こえた。打ち合わせの合間だったのか、それとも移動中だったのだろうか、『じゃあ、また次の収録で』と言って彼は電話を切った。

次こそ返田に連絡しないと。薄暗い路地の一角でそう思いながら、ふと考えた。

富永に社員登用の話が出たように、自分だって今なら他の道を選ぶことができる。芸人をすっぱりやめて、真っ当に社会人として仕事をするチャンスがある。

七月に華々しくマスターズの日本記録を更新して、俺も芸人をやめようか。理想の終わり方ではないが、悪い終わり方でもない。

やめるチャンスがやって来た。これを掴まないと、俺はずるずる芸人を続けてしまう。

2

「はい、はい、もちろんです。体制が整いましたらすぐにご連絡しますので！」

受話器を置いた瞬間、大学の事務室からまた内線があった。

「やっぱりテレビってすごいですね」

電話を終えた翠の後ろで、研究室に所属する院生の門脇が苦笑いしていた。

「ねー、休みが終わった瞬間にこれだもんね」

年末に放送されたアスチャレに、翠と王様ポールはばっちり映った。翠の駆け足の解説も、いい具合にナレーションと図解を交えてわかりやすく仕上がっていた。

「それに、漆原さんがＳＮＳで試作品をＰＲしてくれたのも効いてる感じ。さすが、マスターズM30クラスの日本記録保持者」

正月休みが明けて研究室が本稼働し始めると、大学に王様ポールの問い合わせが次々舞い込んだ。ほとんどが学校だった。北は北海道、南は熊本。番組内で王様ポールが海外製のポールに比べて格段に安いことをＰＲしたのも功を奏した。

「来年度の陸上部の予算で購入したい」「海外製だと一本買うのも大変だから……」「この

ポールなら子供らに二本買ってあげられる」と鼻息荒く語る顧問の先生達との電話は自然と長くなってしまうが、決して苦ではなかった。

「日東テレビの綿貫さんのアドバイス通り作っておいた王様ポールの案内、さっさとアップしておきましょうか。メールフォームも作ったんで、問い合わせはそこに集約で」

王様ポールのロゴマークも一晩で作ってくれた門脇は、正月休み中に王様ポール用のウェブページまで作ってくれた。

「でも狐塚先生、ぼちぼち売ることを考えて生産体制を整えないとまずいですよね」

「そうだね。井之頭《いのがしら》パイプさんと相談だ」

棒高跳用のポールを作るには、ガラス繊維を巻き付けた鉄芯を熱する炉が必要だ。それも、数メートル規模の。いくら理工学部があるとはいえ、そんな炉が都合よく学内にあるわけがなく、王様ポールの開発ではこの「炉探し」にかなり手間取った。

釣り竿メーカーに建築資材メーカー、果ては町工場に一軒一軒問い合わせ、「6m近い棒を分割することなく一気に熱せられる炉はないですか？」と聞いて回った。最終的に埼玉の鉄パイプ製造工場が「一番大きい炉にギリギリ入るかも」と引き受けてくれた。

「社長と相談だなあ。製造して販売ってなると、契約を結び直さないといけないし」

「お、いよいよ会社化します？　僕、広報担当やりたいです」

いたずらっぽく、でも好奇心いっぱいに目を細めた門脇の問いは、はぐらかした。大学発ベンチャー企業だなんていえば聞こえはいいが、いきなり踏み込んでいいものか。

「稼げますかねえ、王様ポールで」

「国は〈稼げる大学〉を求めてるからね。ふざけんなって思うけど、実績を上げれば、次に稼げない研究をするときに助かるから、稼げるように全力で考えよう」

言いながら、自分の眉間にとんでもなく皺が寄っていることに気づいた。スリープモードになったPCの画面に、梅干しみたいな自分の顔が映り込んでいる。

「……ちょっとグラウンドに行ってくる」

門脇が用意したウェブページを確認し、公開にGOサインを出して翠は研究室を出た。

快晴だというのに、午後のグラウンドはすこぶる寒い。箱根駅伝が終わったばかりなのに長距離チームは新チームで練習をスタートさせているし、他の種目も同様だ。

棒高跳の助走路には、ちょうど御子柴陸が立っていた。

ポールを構える姿はすっかり様になっていた。体幹がいいから助走も力強い。突っ込みからのスイング、上昇姿勢、伸展からのターン、そして抜きの動作。十一月の競技会後に翠がプレゼントした4m30のポールを、彼は見事に使いこなしていた。

「あれは、天性の運動神経ってやつなんですかね」

堪らず呟いたら、近くにいたコーチの橋本が「ねー、すごいですよね」と苦笑した。

「いるんですよ。何をやってもそれなりの結果を出せるポテンシャルを持って生まれた人間って。御子柴さんの場合、何かしらの陸上競技を大学まで続けてたら、ものすごくいい線まで行ったかもしれないです」

「橋本さんも、そう思います？」

「ええ、あと十年早かったら……って、十年前は僕も現役だから無理か……でももし、今、高校生の御子柴さんが目の前に現れたら、めちゃくちゃ口説きますよ。君ならオリンピックを目指せるって言い聞かせて、進学先を慶安大にするように両親の説得だってしますす」


橋本の視線が、軽やかにマットを飛び降りた御子柴に向く。ボックスの手前で踏み切り位置をチェックしていた部員と言葉を交わした彼は、再び助走路に向かう。


そこには、犬飼優正がいた。

「御子柴さんが現役選手として陸上部にいたら、今頃、犬飼と二人で切磋琢磨《せっさたくま》し合って、二人で日本代表争いをしてたかもしれない」

「え、そこまで言います？」


犬飼が助走を始めた。途中で冷たい北風が吹いて上体がぶれたのがわかる。ポールをボックスに突っ込みはしたが、跳躍にならない。中途半端に曲がったポールと浮き上がった体を持て余すように、ゆっくりとマットに着地した。

「有り得ない話じゃないです。５m82なんて、二人とも易々クリアできたかもしれない」


まあ、当の僕は、現役中にたった一回しか跳べなかった高さですけど。そう笑い飛ばした橋本だが、「御子柴陸が現役だったら」というタラレバは本気で言っているのがわかった。口元こそ笑っているが、目から現役当時のような鋭さが消えない。

「仕方ないことなんですけど、可能性があったのにその選択をしなかった人を見ると、歯《は》痒《がゆ》いもんですよ」

もし、御子柴が十代から棒高跳をしていたら。彼の身近なところに、棒高跳ができる環境が整っていたら。彼がもしそれと巡り合っていたら。

今頃、何が起こっていただろうか。

「あの、狐塚先生」

ハッと顔を上げたら、思ったよりずっと側に御子柴がいた。

「練習のあと、ちょっとポールについて相談してもいいですか」

４ｍ30の王様ポールを抱え、恐縮した様子で会釈してくる。御子柴のこめかみのあたりに、冬枯れした木の影が差していた。


「もっと硬くて長いポールですかぁ……」

研究室が入る校舎の隣にある小さな物置を、試作したポールをストックしておく場所にしていた。長さと硬さ、太さの違う試作品が数十本、山を作っている。

「今のより長いのだと、４ｍ42か、４ｍ57か」

ポールを二本引っ張り出して、御子柴に見せる。彼は迷わず長い方に手を伸ばした。

「これ、硬さはどれくらいですか」

「140ポンドだから、63キロ。フレックス値だと24ですね」

「もっと硬いのって、ないですか？　何ならもっと長くてもいい」

「ありますけど、ポールを長くして硬さまで上げるのは、あまりオススメできないです」

ポールの長さと硬さは相対関係にあり、ポールを一段階長くしたら、そのぶん軟らかいポールを選んだ方が扱いやすい。いきなり長くて硬いポールに変えるのはリスクがある。

「せっかく身につけたフォームが崩れちゃったり、跳躍の感覚がわからなくなる可能性もありますよ。怪我のリスクも高まります」

「5m30を跳ぶなら、もっと長くて硬いポールじゃないといけないんですよね？」

十一月の競技会のあと、犬飼のアドバイスを翠はそのまま御子柴に伝えた。そのときのことを思い出したのか、彼は酷く真剣な眼差しで翠を見た。

「年も明けちゃいましたし、夏に本気で5m30を狙うなら、急がないといけないと思って。狐塚先生が漆原さんに作ったポール、もっと長かったですよね？」

マスターズM30クラスの日本記録保持者・漆原翔には、年末に試作品のポールを送った。せっかくならワンランク上のものを試したいという彼の要望に合わせ、4m90の軟らかめのポールを作った。普段使いしているポールは4m60から4m75だという。

「確かにそうですけど、ここで焦ってポールを無理に長く硬くしても、いいことないと思います。私も経験者なんで、それは間違いなく言えます」

ポールは、グリップの位置を変えても硬さが変わる。浅く握れば軟らかく、深い場所で握れば硬くなる。その代わり、グリップの位置からバーまでの〈抜きの高さ〉が大きくなってしまうのだが……そうやって、自分の力量で扱えるポールのポテンシャル、自分の跳躍の技術、走力や筋力、すべてを勘案して落とし所を見つけるのだ。

合わないシューズを履いて走ったら、必ず靴擦れを起こす。痛みでフォームが崩れてもっと大きな怪我を呼び寄せることもある。

ポールも同じだ。人間の体を、細い棒一本で5m以上持ち上げるのだから。

「番組としてのゴールがあるので、御子柴さんが焦るのはよくわかります。でも、無理をして怪我なんてしたら、その、お蔵入りとかそういうのになっちゃいますよね？」

私としてもそれは困ります。念をこめて御子柴の目を見つめ返すと、彼は観念したとばかりに肩を落とした。

そうですね……彼がそう言いかけた瞬間、背後から「そーだ、そーだ」とこちらの脇腹をくすぐるような声が飛んできた。

小学校に入るずっと前から、陽気が服を着て歩いているような彼の雰囲気は変わらない。

「怪我と事故と不祥事だけは駄目だ。一発アウトでお蔵入りだから」

離れたところに、カメラマンと紅一がいた。時間があったら今日の撮影に顔を出すと、昨夜《ゆうべ》連絡があった。もう練習自体は終わったのに、わざわざ見物しに来たらしい。

「しれっとお蔵入りするだけならいいけど、ひとたび事故や不祥事が起きたとき、スポーツは信じられないくらいぶっ叩かれるからなあ。身から出た錆《さび》の部分もあるんだけどさ、昨日まで楽しく見て勝手に感動してた連中が、掌返して『世の悪習の原因はすべてスポーツにあり』って石を投げ出すから」

はははっと笑う紅一を前に、御子柴は面食らったように瞬きを繰り返していた。カメラに撮られていることを今の今まで忘れていた、という顔だ。

「御子柴さん、とりあえず、その４ｍ57のポールで跳んでみましょう。跳べるようならもっと長くしたり、硬くしたりすればいいんです」

慌ててフォローを入れる。御子柴は手にしていた４ｍ57のポールを見下ろし、渋々という様子で「わかりました」と頷いた。まだまだ練習したいのに指導者に止められた――そんな、不完全燃焼な表情だった。

「あーあ、せっかく仕事サボってきたのに、全然練習見られなかったな」

紅一の一声によって、今日の撮影は萎《しぼ》むように終わった。コーチの橋本とディレクターの谷垣は、遠くで空を指さして大笑いしている。ゴジラのような雲があるとか、ないとか。

「すみませんでした」

今日の撮れ高を確認する紅一とカメラマンを横目に、御子柴が小さく頭を下げてくる。

「狐塚先生の言う通り、ちょっと焦ってました。ていうか、焦ってます」

「それは仕方ないですよ。御子柴さんの場合、七月までに日本記録を更新しようっていうタイムリミットがありますし」

「相方が芸人をやめるんですよ」

まるで口先から放り投げるように彼は言った。投げやりに、困ったように笑う。

「それは、要するに解散ということですか？」

「そうですね」

え、御子柴さんはどうするんですか？　無遠慮にそう聞いてしまいそうになったとき、撮れ高のチェックを終えた紅一が、御子柴の肩をドンと叩いた。

「さて御子柴よ、せっかく仕事をサボった俺のためにも、飲みに付き合ってよ」

飲みに行こうと言ったくせに、紅一が選んだ店は新宿にある筋トレ食堂なる場所だった。高タンパクで低カロリーなメニューばかりが並び、ビールは糖質カットのものしかない。代わりにプロテインドリンクが大量にある。

紅一に誘われるがままついてきてしまったのを翠が後悔し始めたのは、御子柴がプロテイン入りのグリーンスムージーを、酒でも飲むかのような顔で呷ったときだった。

「人生、なかなか上手くいかないっすねえ、綿貫さん」

溜まりに溜まっていたものを吐き出すように彼は言い、グリーンのマカロンみたいな色になった唇を手の甲で拭った。

紅一が糖質カットビールを勧めても彼は「糖質カットとはいえビールは我慢しないと、明日以降堪えるのがキツいんですよ」と首を縦に振らなかった。彼の目の前でレモンサワーを飲んでいるのが申し訳なくなってくる。

そんなことはお構いなしに、紅一はハイボールをがぶがぶと飲んでいた。

「そうだそうだ、上手くいかないことばかりだ。とりあえず食え食え」

店員が巨大なプレートをテーブルの真ん中にドンと置く。鶏胸肉と赤身肉のステーキだ。それも豪勢に五百グラムずつ、ただ焼いただけの肉が鎮座している。

フライドポテトもパンも、もちろんライスもなし。代わりに茹《ゆ》でブロッコリーが山盛りついてくる。肉とブロッコリーを五種類のソースにつけて貪り食うためだけのプレートだ。

「パセリパーティの解散の件、事務所には了承されたの？」

何の遠慮もなしに紅一が聞く。鶏胸肉を頬張りながら、翠は御子柴の顔色を窺った。

「了承も何も、俺達レベルのコンビの解散なんて、好きにしろって話ですよ」

「コンビではそうだろうけど、ピンで地上波のレギュラーを持ってるお前は別だろ？」

「それはそうですけど。解散しようがしまいが、アスチャレの出演には影響ないじゃないですか。どのみち俺しか出てないんだから」

あんたが一番それをよくわかってるだろ？　とばかりに御子柴は紅一を見る。ブロッコリーにオニオンソースをたっぷりつけて、赤身肉と一緒にかぶりついた。食事を楽しむというより、運動後に必要な栄養を淡々と摂取しているようにしか見えない。

御子柴に存分に飲み食いさせるには、こういう店に来るしかなかったのかもしれない。

「この間、コンビで報告しに行ったんですけど、月に数回しか顔を合わせないマネージャーには『とりあえずアスチャレだけ頑張って』と言われて終わりでしたよ。もとはといえば、俺達を事務所に誘ったのはあの人だったのに」

御子柴の言葉に、会ったこともない彼の相方のことを考えた。バイト先で社員登用の話があったから芸人をやめると電車の中で聞いたが、相方だけレギュラー番組があり、事務所からはコンビとして全く重要視されていないとなると、その選択も非難できない。

少なくとも、三十そこそこでその状態を楽観視できる人間は、このご時世そう多くないはずだ。できるなら、それはそれで恵まれた気質の持ち主かもしれない。

「まあ、お笑いコンビ・パセリパーティは実質お前一人で保《も》ってたんだ。事務所からしたら、それが本音だろうよ」

紅一がハイボールのお代わりを通りかかった店員に頼む。彼の太腿を翠は小突いた。

もう少し優しい言葉をかけるか、せめて番組プロデューサーとして助言をしてやれ。そう念を送ったのに、紅一は涼しい顔で新しいハイボールを呷る。

御子柴は浮かない表情のまま、唇をこじ開けるようにして鶏胸肉を口に詰め込んでいる。肉にソースをつけることすらしない。

「綿貫さん、どうしてテレビ業界に入ったんですか」

肉を飲み込んで、唐突に御子柴が顔を上げた。直前までの話題とつながっているような、つながっていないような。きっと、彼の中でははっきりつながっているのだと思う。

「この俺が普通の会社員になれると思う？」

「生まれたときからテレビマンって感じですよ。それもバラエティ畑の」

ふふっと御子柴は笑ったが、目はどこか真剣で、投げやりで、ちょっとやけっぱちだ。

御子柴さん、でもね——そう言いかけた翠を遮るように、紅一は「でもなあ」と笑う。

「入社当時の俺の志望はスポーツ局だったからな？　ていうかスポーツ報道するためにテレビ業界を選んだからな？　オリンピックに世界陸上、ワールドカップ、世界中飛び回ってスポーツ中継するつもりで学生時代は英語と中国語とフランス語を勉強してた」

「なんで配属されなかったんですか？」

「新人研修中にバラエティのお兄様お姉様方に気に入られて拉致《らち》られたんだよ」

綿貫紅一がバラエティ畑にずっといる理由、未だにスポーツ局に行かない……行けない理由はもう一つあるのだが、彼はそれを口にしなかった。

「狐塚先生は？」

「え？」

「先生、どうして棒高跳のポールを作ってるんですか？」

酷く真剣な顔で聞かれてしまい、反応に困った。だって、隣に綿貫紅一がいるのだから。

「私はもともと大学でスポーツ工学を勉強してたし、院に進んでからもずっとシューズとか競技用車いすとかのプロジェクトに参加してて、今回満を持して自分のプロジェクトに研究費が下りたから、ですかね？」

気持ち悪いくらい早口になっていた。御子柴はブロッコリーを貪りながら首を傾げた。

「どうして、棒高跳のポールなんですか？」

「そりゃあ、自分が高校、大学と棒高跳をやってたから。ポールがもっと安くなればいいのにって思いながら、七年間も競技を続けてたんだもの」

事実を述べているはずなのに、どうしてはぐらかしているような気分になるのか。

「いいじゃん、話しちゃえば？」

隣から紅一が能天気に口を挟んでくる。ぶーん、ぶーんと、誰かのスマホが鳴り出した。

「ポールを舐めるとそーゆーことが起こるんだって、いい教訓になるでしょ。別に見込みのあった選手が怪我で棒高跳をやめたんじゃなくて、普通の奴が普通に怪我して、陸上をやめたってだけじゃん」

何を気にしてるの？　といたずらっぽく笑いかける幼馴染みに、咄嗟《とっさ》に声が出た。

「いや、図に乗るなし」

紅一はぶふっと噴き出して、スマホ片手に席を立った。やはり彼のスマホだったらしい。

「はいはい、綿貫で〜す」と陽気に笑いながら、店の外に出ていった。

「狐塚先生がポールを作るの、綿貫さんが関係してるんですか？」

一言一言、探るように御子柴が聞いてくる。

「いや、そんな、あいつのために〜とか、そういうドラマチックな理由じゃないですよ。ただ、あいつが高校時代に陸上部をやめたのは、私のせいなので」

ここまで教えておいて続きを話さないのは、思わせぶりにもほどがある。秘密の物語を抱えている自分に酔っているみたいで、単純に小っ恥ずかしい。

「御子柴さん、私と彼が同じ高校出身なの、あいつから聞いてます？」

「同じ高校というか、小学校に入る前からの幼馴染みだって聞きましたけど」

くそう、紅一め、結構詳しく話してるな。

「年は一つ違いですけど、家が近所で母親同士が仲良かったから、小学生のときも同じ陸上教室に通ってたんです。私は中学まで短距離で、紅一は……短距離だったり幅跳だったりハードルだったり、いろんな競技をふらふらしてたかな」

彼は陸上が好きではあったが、何をやっても秀でた成績を残せなかった。いい意味でも悪い意味でも〈そこそこ〉だったのだ。

それでも、紅一はスポーツが好きだった。オリンピックの時期は寝不足のまま学校に来て授業中に睡眠時間を確保していたし、正月に彼の家に挨拶に行けば、テレビに齧りついて箱根駅伝を観ていた。駅伝が終わったらそのまま高校サッカー観戦が始まって、翠は彼の家でコタツに入り、ミカンの皮を剝《む》きながら一緒にそれを観ていた。

観るのが好きだから自分もやりたい。そんな理由で陸上を続けていた子だった。

「私が進学した高校には、棒高跳ができる環境があったんです。選手は一つ上の先輩が一人いるだけだったけど。中学まではやりたくてもできなかったから、私は高校から棒高跳を始めて、一年遅れで同じ高校に進学した紅一も、棒高跳をやりたがったんですよね」

高校から始めた棒高跳は翠と相性がよかった。中学まで短距離走をやっていたおかげか、初心者にしてはいい記録をすぐに出すことができた。

陸上部に入ってきた綿貫紅一が棒高跳を希望したときだって、純粋に嬉しかった。先輩らしく彼を指導し、「翠ちゃん、後輩ができたからって鼻息荒すぎでしょ」と笑われた。

そして、その日は来た。

「紅一が、初めてバーを設置して跳ぶ日でした。倉庫からポールを出してあいつに渡したのは私だったんですけど、そのとき、ポールに小さなひび割れがあるのに気づきました」

恐らく、前日の練習でスパイクのピンか何かを引っかけてしまったのだ。

「ひび……？」

眉間に皺を寄せて、御子柴が聞いてくる。

「そう、ポールにひびが入ってた。でも、紅一でも扱えそうなポールはそれしかなくて」

「ひびが入ってるのに、使ったんですか？」

「ちょっとひびが入った程度のポールなら、普通に使ってる選手は多いですよ。高校の陸上部なんて尚更《なおさら》です。現に、当時私が使ってたポールもひびが入ってました。ひびくらいでほいほい買い換えられる値段のものじゃないから」

決してそれは言い訳にならない。みんなが赤信号でも横断歩道を渡っているから、自分も。それと一緒だ。

「それで、事故が起きたんですか？」

「最初だから、バーの高さは低め……2mくらいにしてたんです」

今でも、よく覚えている。

基礎練習のおかげか、高校一年生の綿貫紅一の助走も突っ込み動作も、それなりに形になっていた。軟らかめのポールはぐにゃりと曲がり、軽やかに紅一の体を浮き上がらせた。

2mのバーよりずっと高いところまで彼が舞い上がったとき、ポールの根元……ひびが入っていたあたりが折れた。音は聞こえなかった。でも、確かにボキリと折れた。

「ポールが折れて、紅一はマットのないところに落ちました。ちょうどボックスの手前あたりです。血は出てなかったけど、頭を打って白目を剝いてました」

「……それで？」

「救急車が来て、学校は大騒ぎ。意識はすぐに戻ったんですけど、紅一は踵を骨折してて、しばらく松葉杖生活でしたね」

「そのせいで綿貫さん、陸上をやめたんですか？」

先ほどの紅一の言葉を思い出すように、御子柴は視線を泳がせる。

「事故があったせいで、陸上部に活動休止令が出ちゃったんです。インハイの予選直前だったから、他のブロックの部員からは非難囂々《ごうごう》で、部にいづらくなったんでしょうね」

さらりと言えてしまう自分に、背筋が寒くなった。ひびが入ったポールを彼に使わせたのは、他ならぬ自分なのに。

事故も、陸上部の活動休止も、私に責任がある。部員達に謝罪する翠の横で、松葉杖を突いた紅一は「いやー、すんません。調子乗りました。狐塚先輩の制止をちゃんと聞いていればな～、あーミスったミスった」と勢いよく頭を下げた。

翠の責任はもちろんあるけれど、この陽気な一年生が調子に乗って跳躍練習をしたから事故が起きた。紅一は、あの一件を口八丁でそんなふうに片付けてみせた。

そして、あっさり陸上部をやめた。

「あいつね、そのあと新聞部に入ったんです。勝手にスポーツコーナーを拡張して、半年後にはスポーツ新聞として独立させました。運動部をＰＲするウェブサイトまで立ち上げて、めちゃくちゃ恰好いいＰＶと選手インタビューをたくさんアップしてましたね」

「なんか、そのときの綿貫さん、めちゃくちゃ想像がつきます」

「ええ、ご想像の通りの綿貫紅一でしたよ。彼にはそういう才能があったんですよ。企画力というか、面白いものをより面白く人様に見せるプロデューサーとしての力が」

「それを見抜かれたから、バラエティにずっといるんですね」

半分は当たっているけれど、半分は違う。どうしてもスポーツ局に行きたいなら、彼のキャリアなら異動願を出せば一度くらいスポーツ局に行けるはずだ。紅一がそれをしないのには、やはりそれなりの理由がある。

いっそ話してしまおうかと思ったが、電話を終えた紅一が店のドアを開けて戻ってきたのに気づいて、やめた。

「じゃあ、狐塚先生は綿貫さんの事故をきっかけに、ポールの開発を？」

「きっかけの一つかもしれないけど、あいつのためとか、罪滅ぼしのためにやってるわけじゃないですよ」

そうだ。綿貫の事故は理由の一片であって、決してすべてではない。

「私は私なりに、日本の棒高跳が抱えた問題を、元競技者として何とかしたいと思ってるんです。プレーヤーではない立場だからこそできることはたくさんあると思うし、スポーツとそうやって関わっていく生き方もあるなって、大学時代に気づいて」

氷が溶け、炭酸もすっかり抜けてしまったレモンサワーを翠は一気に飲み干した。近くにいた店員を、手を上げて呼び止める。

「おう、二人とも俺の悪口で盛り上がってた？」

真っ赤なフレームの眼鏡をきらりと光らせ、紅一もハイボールのお代わりを注文した。

神妙な表情のまま、御子柴は青々と鮮やかなブロッコリーの山を睨みつけていた。

3

大阪城《おおさかじょう》ホールは異様な雰囲気だった。

音楽ライブや式典で使われることの方が多い屋内イベントホールを貫くように、臙脂色のトラックが敷かれている。その横には、走幅跳の走路と砂場、走高跳と棒高跳のマット。

ホールの中で行われるこの日本陸上競技選手権大会・室内競技は、屋外と違って音がよく響く。何よりホールは競技会をやるには少々手狭で、60m走なんてゴールした選手達がそのまま壁際に置かれたマットに激突するのだ。先ほどまで頻繁に鳴り響いていたドスン、ドスンという激突音が、未だに陸の耳にはこびりついていた。

「おおっ、犬飼さんが跳びますよ」

谷垣の声が飛んでくる。二月の髪色は春を先取りしたような鮮やかな桃色だった。

犬飼優正の姿がよく見えるスタンド席に、アスチャレ一同は陣取っていた。

「日本選手権大会の室内競技、初めて観に来ましたよ。優正は何度か出てるんですけど、観戦しそびれてて」

「なるほど〜、和泉さんは元やり投げ選手ですもんね」

「ここで投げたら客席にぶっ刺さっちゃいますよ」

和泉と谷垣が離れたところでゲラゲラと笑い出す。コーチである橋本は、競技中の犬飼に指示を出すためにスタンドの最前列で仁王立ちになっている。

前でも後ろでもない中途半端な席で、陸はフィールドを眺めていた。

ポールを構えた犬飼は、助走路の上で5m40の位置にあるバーを睨みつける。力強く一歩踏み出し、助走し、軽々と跳躍する。

5m40を一発で成功させた犬飼に、橋本は「よーし、よし！」とガッツポーズした。

「まだ最初だ！　ここから集中していくぞ！」

両手を打ち鳴らす橋本の姿は、自分が記録に挑んでいるかのような熱量を孕《はら》んでいる。

5mからスタートした棒高跳の決勝だが、実際に5mから跳躍したのは八人の出場選手中三人だけだった。

５ｍ20もその三人が跳び、５ｍ30から二人の選手が参戦したが、５ｍ30が終わったところですでに四人が脱落していた。

「５ｍ40から跳び始めた三人って、犬飼さん以外は日本代表経験者なんですよね？」

手持ち無沙汰になって、陸は橋本の隣に立った。指示出しの邪魔になりそうならすぐに退却しようかと思ったが、さっきから「犬飼の勇姿を応援する陸を撮る」という役目を遂行しているカメラマン・後藤のため、少しでもテレビ的な立ち回りをした。

「そうですね。たった今５ｍ40を成功させた柳《やなぎ》君はブダペスト世界陸上の代表、今から跳ぶ海田《かいた》君は東京オリンピックの代表です。二人とも決勝に行けなくてねえ、あとちょっとだったんですが」

橋本はそこまでピリついてはいなかった。だが、視線はフィールドから外さない。

「じゃあ、事実上は犬飼さんを含めた三人での争いってことですね」

「そうなるでしょうね」

話している間に、海田という選手が５ｍ40を一発で成功させた。残りの選手も同じ高さに挑んだが、三回とも跳躍に失敗し、姿を消す。

橋本の言葉通り、残るのは犬飼、柳、海田の三人だ。

バーの高さは10㎝上がり、５ｍ50になる。マスターズＭ30の日本記録より20㎝も高い。スタンド席から見ているのに、数字を聞いただけで顎が上がりそうになる。

５ｍ50のバーを前に、犬飼が再び助走路に向かう。後ろの方の席に座っていた和泉が、いそいそと最前列に移動してきた。ここからが本番だ、とでも言いたげに。

けれど、和泉は声を張り上げて義理の息子を応援することはなかった。椅子に深々と腰掛け、大きな体を丸めるように身を乗り出す。

「声援を送ったりとか、しないんですか？」

犬飼がポールを斜め上に構えるのを見つめながら、和泉に問いかける。彼は分厚い胸板を震わせ「うーん」と唸《うな》った。

「優正の出る大会は昔から観てますけど、声を出して応援はあまりしないんですよね」

「どうしてですか？」

「僕は投擲《とうてき》種目で、優正は跳躍種目ですけど、自分のタイミングでスタートを切って一瞬の勝負をするっていうのは共通してるでしょう？　集中してるところで僕の声が聞こえて、余計なことを考えさせたら悪いじゃないですか」

余計なこととは、例えばどういうことだろう。去年の十一月のホームパーティのことを思い出したが、あえて聞きはしなかった。

「競技だけに集中させてもらえない事情が、あいつにはありますから。いや、そうさせちゃったのは僕なんですけど」

えーと、それは……犬飼優正を引き取ったことですか？　もしくはその、彼の両親が死んだのが自分の結婚式の帰り道だったからですか？

　聞けるわけがない。

「なので、せめて競技中は静かに見守ることにしてるんですよ」

　おっ、と息を呑《の》んだ和泉が、表情を引き締める。犬飼が助走路を駆け抜けていく。足の裏全体で地面を引っ摑むような強い助走。助走の勢いを殺すことなく、ポールの先端をボックスに突っ込み、流れるようにスイングして、あっという間に体はバーを通過する。

　エネルギーの流れがありありと見えるような、躍動感のある跳躍だった。

「いいぞ、いいぞ〜！」

　和泉が満面の笑みで拍手する。だが、その声も犬飼本人に届くほどの声量ではない。

　ただ、和泉は犬飼との親子関係を結構繊細に考えているのだと、鳩尾《みぞおち》のあたりを強く突かれた気分だった。

「和泉さん、犬飼さんと親子喧嘩《げんか》したりしないんですかぁ？」

　デリケートのデの一画目すら持ち合わせていない谷垣が、明け透けにもそんなことを聞く。手の届く範囲にいたら頭を叩いているところだ。

「それがねえ、しないんですよ。中学生の頃とか、あってもよかったのにね。二十歳過ぎちゃうとお互い大人だし、意見のすれ違いがあってもなかなか喧嘩にならないし、一回くらいやっておきたかったですよ」

僕の話はこのへんで、とでも言いたげに、和泉は「どんなもんです？」と橋本の手元を覗き込んだ。犬飼、柳、海田の試技数を橋本はメモに取っていた。ガタイのいい二人の隙間から、陸もメモを覗いた。

5m40、5m50を無事一発で成功させた犬飼だったが、柳と海田は5m50の一本目を失敗、二本目で成功させて次の高さに進んだ。

すると、犬飼はスタンドにいる橋本のことを見上げて、声もなく指示を仰ぐ。橋本もまた何も言わずサムズアップを返した。

犬飼はそのまま、次の5m60をパスした。

「えー、御子柴さんと谷垣さんがポカンとしているので、説明しますね」

5m60に挑む柳と海田を横目に、橋本が肩を竦める。

「ご存じの通り、棒高跳では同一記録で複数の選手が並んだ場合、その高さをより少ない回数で跳べた選手が上位になります。試技数が同じだった場合、全体の失敗試技数が少ない選手が上位に来ます。だから、失敗の数を増やさないために、できる限り一本目の跳躍で成功させたいし、そのためにパスを活用したりするんです」

鳥人王企画が始まった当初、橋本から直々《じきじき》にレクチャーを受けた。ただ、マスターズの競技会に出る自分にはそこまでの戦略は必要ないと思って、重くは受け止めていなかった。

東日本マスターズ競技会で、漆原翔と勝負するまでは。

「御子柴さんはご存じでしょうが、跳躍って、回数を重ねるほど足やら腕やらが悲鳴を上げるんですよ」

跳躍が五本、六本と重なっていくにつれ、手足がパンパンに膨れあがる。揉《も》んだり伸ばしたり冷やしたりしながら跳ぶ羽目になるのに、バーはどんどん高くなる。

「なので、〈跳ばない〉という戦略がとても大事になるんです。今の場合、5m50を犬飼は一本目で成功、柳君と海田君は二本目で成功させました。優位に立ったので、5m60は跳ばずに体力を温存、5m70で勝負をしていくってわけです」

柳と海田の二人が5m60をクリアできず、犬飼も5m70を失敗したとしても、5m50では犬飼が最上位になる。仮に二人が5m60を一発でクリアした場合、犬飼が5m70をクリアし、二人が失敗すれば、やはり犬飼の優勝になる。

パスを使って体力を温存できるし、失敗数を重ねてしまう心配もないから、どのみち犬飼が有利なのだ。

「優勝はもちろん大事ですが、とにもかくにもほしいのは記録なんです。パリオリンピックまで半年を切ってますから、参加標準記録の5m82をなんとしてもクリアしないと」

5m83の日本記録に迫る記録を出さないと、オリンピックに出場できない。それでもワールドランキングの順位次第で出場枠が獲得できるらしいが、まずは参加標準記録を破りたいと考えるのが普通だろう。

「棒高跳の場合、オリンピック直前の六月に開催される日本選手権で三位以上に入って、その上で5m82をクリアしておく必要があります。僕も現役のときに経験がありますけど、勝負と記録を同時に狙うのって大変なんですよ。考えることがいっぱいあって頭の中はパンク寸前だし、自己ベストより高い記録を目指す羽目になるし」

ま、その戦いに勝っても、オリンピックでボロクソに叩きのめされるんですけどね！

笑いながら続けた橋本に、陸は何も言えなかった。

犬飼と橋本の仕掛けた駆け引きは、まんまと嵌《は》まった。

柳と海田は5m60に挑んだが、どちらも三本目まで×がついた。これで犬飼が5m70に失敗したとしても、5m50で優位に立つ犬飼が優勝になる。

競う者のいなくなった助走路に立つ犬飼の横顔は、遠くてはっきり見えなかった。ただ、いつもよりポールを構えるまでの間が長い。なかなか「今だ」という瞬間が来ないのか、助走路に触れたポールの先をじっと見つめている。

だいぶ時間がたってから、犬飼はポールを構えた。

そこからは早かった。一歩、二歩、三歩……助走は十八歩ぴったり。ボックスに突っ込んだポールは美しく弓なりに曲がり、犬飼の体がふわりと浮かび上がる。

ユニフォームの裾でバーを揺らしたものの、バーを落とすことなくマットに着地した。

「よーし、よしよしよし！　久々の70㎝台だ！」

誰よりも先に橋本が声を上げた。犬飼は去年の九月に開催された日本インカレで５ｍ65で優勝した。以来、どの大会でも記録会でもそれ以上の記録は出していなかった。

深く深く頷きながら和泉が拍手をしている。陸も釣られて拍手を送った。スタンド席のあちこちからも拍手が湧く。

犬飼の好記録を称《たた》える拍手は、徐々に姿を変える。「５ｍ70おめでとう」から「５ｍ82目指して頑張れ」に。

「自己ベストの５ｍ76に挑むんですか？　それとも77？」

それとも、５ｍ82？　食いつくように橋本に聞いてしまった。

「最後は本人に任せてます」

犬飼はスタッフに次の高さを伝えた。競技者が一人になった今、犬飼は自由に次の高さを指定することができる。

ホールでは他の競技も行われている。それでも、バーの高さが変えられた瞬間、あたり一帯が浮き立ったような期待感に包まれた。

犬飼が指定した高さは、５ｍ82——パリオリンピックの参加標準記録だった。

「棒高跳って、風の影響を受けるでしょう？」

無意識にスタンドから身を乗り出していた陸に、橋本が聞いてくる。

「はい、それはもう、嫌ってほど実感してます」

「おわかりの通り、風の影響のない屋内の方が好記録が出やすいんです。なので、屋外で出た記録と屋内で出た記録は別々に残ります。でもこの日本選手権室内で開催される種目は、屋内の記録も屋外と同等に扱われます。世界陸上やオリンピックの参加標準記録を達成するには、絶好の機会なんですよ」

年明けに「パリオリンピックまであと二百日！」と銘打って、オリンピックで活躍が期待される選手を追ったドキュメンタリーが放送されたのを見た。その中には犬飼もいた。事故死した両親のこと、育ての親である和泉のこと、彼自身の生い立ちとこれまでの輝かしい経歴についてたっぷり紹介し、その上で参加標準記録5m82を目指す彼の決意で締められるという内容だった。

――5m82には、僕以外のたくさんの人の願いがこもっているんです。

陸からすれば胡散臭いことこの上ない笑顔で、犬飼はそう語った。

「……大変ですね」

「ええ、でも、今日は期待できますよ」

犬飼はそれまで使っていたのとは違うポールを手に助走路に立った。この大会に彼は王様ポールを含めた三種類のポールを持参したらしいが、5m82へのチャレンジに選んだのはアメリカ製のポールだった。

「自分が扱える限界の長さと硬さじゃないと、5m82は跳べないですからね。扱い慣れてるのを選んだんでしょう」

テレビを意識してか、橋本がそんなフォローを入れた。

じっくり時間を取ってから、犬飼は走り出した。ポールの長さは16・5フィート——5m以上ある。

あんなに長いポールを構えて走っているのに、犬飼の姿勢はとても美しい。ボックスに突き立てられたポールは、物理学に促されて力強く曲がり、静かに立ち上がる。

犬飼の体は滑るように宙を舞う。空中で身を翻し、体が最も高い位置に来たところでポールから離れる。彼の体がバーの上を通過する瞬間、一瞬だけ時が止まって感じられた。

「——うわっ」

堪らず声を漏らした瞬間、犬飼はバーと共にマットに落ちていった。

二本目もそうだった。

三本目、最後の跳躍を迎えても、犬飼の様子は一本目と変わらないように見えた。焦っているようにも、気負っているようにも見えない。

ただ、きっと彼の中には二通りの景色が見えている。

一つ目は、5m82を跳んで、パリオリンピックの参加標準記録を突破した自分——が、「二人の父と約束したオリンピックへ！」とか「亡き父の夢を背負って！」なんて見出しでニュースになり、世間が勝手に感動して、涙して、声援の下で蠢くように彼をやっかんで非難したり馬鹿にしたりする声が上がること。

二つ目は、５ｍ82を跳べず、パリオリンピック代表内定が夏に持ち越しになること。犬飼のドラマチックな生い立ちと、経歴と、その容姿にときめく人々が「きっとやってくれますよ！」と勝手に次を見据える。その裏で「５ｍ82も跳べないのにオリンピックに出て何になる」と彼を嘲笑《あざわら》う人もいるかもしれない。

どちらの未来にも、犬飼は舌打ちして、ツバを吐いているのだと思う。

三本目の犬飼の助走は、これまでで一番軽やかなスタートだった。軽いのに力強いなんて、どうすれば５ｍ強のポールを持ってあんな芸当ができるのか。

「いいぞ、いいぞ……」

無意識なのだろうか、橋本が口の端からぽとりと漏らす。

その気持ちは陸にもよくわかった。不思議なもので、犬飼の肩口のあたりに、金色の影がたなびいて見えた。予感だ。跳んでくれそうな予感が、色と光を伴って現れた。

助走の勢いを殺さない滑らかな突っ込み動作、踏み切りからのスイング、優雅な上昇――抜きの動作に入った瞬間、彼の体が空に吸い込まれるように、時間が静止する。

その一瞬で、それまで見えていたはずの金色の影が消えた。

会場中に「ああ――」という落胆の溜め息が響き、一本目、二本目同様に、犬飼はバーと一緒にマットに落ちていった。

完璧だった。完璧な助走に、突っ込み、上昇、抜き……すべての動作が完璧に美しく、金色の粉をまとっていた。

なのに跳べない。パーフェクトのさらに上に、５ｍ82がある。


その日の夜、東京へ帰る新幹線の中でニュースをチェックした。「犬飼優正、パリ五輪参加標準突破ならず」という見出しで、日本選手権・室内のことが取り上げられていた。サムネイルに使われている画像は、バーを跳び越える瞬間の犬飼を捉えたものだった。一体何メートルを成功したときのものなのかすら、写真からはわからない。

自分のことなど何も書かれていないのに、その記事にツバを吐きかけたくなった。

パセリパーティの解散ライブは、明日だった。

＊

知り合いが目立つとはいえ、人でいっぱいの客席を前にネタをするのはいいものだった。

高校生の頃、文化祭で初めて漫才をやったときのこと。大学を卒業し、〈芸人〉として初めて舞台に立ったときのこと。二つを思い出して、やっぱり感慨深くなってしまう。

パセリパーティ解散ライブは、事務所が所有する劇場で行われた。劇場と言い張ってはいるが、雑居ビルの地下に陰気な雰囲気の小さなステージがあるだけの場所だ。もともとはライブハウスだったらしい。

新ネタなどあるはずがなく、何度も使い倒してきたお馴染みのネタをやり、合間に知り合いの芸人を交えてのトーク。司会はドクダミ薬味の返田と長井が買って出てくれた。

昨年、漫才コンテストで準決勝まで進んだドクダミ薬味の二人は、敗者復活戦がテレビ放映されたおかげもあって、少しだけ芸人としての仕事を増やしていた。その影響で、会場にはドクダミ薬味のファンらしき人もちらほらといる。

一番笑いを取ったのは返田だったし、一番会場が沸いたのはアスチャレ芸人でもあるバブルガム沢渡がサプライズでステージに現れたときだったけれど、九十分のライブは賑やかに、楽しく、一つも辛気くさい空気にならず終わった。

それでも、最後に富永と二人で挨拶をするとなったら、別だった。会場全体が静まりかえって、それまで炭酸水のようだった客席の空気も、冬の早朝に姿を変えていた。

「御子柴とコンビを組んだのが高一のときなんでぇ、かれこれ十五年ですかね。楽しい芸人生活でした。四月からは真っ当な人間として頑張ります！」

長井から受け取った花束を抱えて、富永はあっけらかんとそう話した。ここでそれ以外の立ち振る舞いなんて思い浮かばないよなと、肩を叩きたくなった。

そんな富永に長井が「富永お前、出所でもするのか」とツッコんで、それは自分の役割だったと気づく。解散するとはいえ、十五年もコンビを組んできた相方だったのに。

「僕はピンで活動しますんで、皆さんこれからもよろしくお願いします！」

返田から受け取った花束を手に、陸は短くそう挨拶した。沢渡と肩を組んで「アスチャレ見てね！」と客席に手を振ると、会場に駆けつけた綿貫が一際大きな拍手をしたのが見えた。隣には狐塚がいたし、犬飼の姿もあった。

その瞬間、ネタ中よりもずっと強く、高校の文化祭を思い出した。たいしたネタではなかったのに、同級生が体育館の冷たい床で腹を抱えて笑っていた。

ステージで肩を並べる陸と富永には、天井から金の粉が降っていた。

間違いだったのだろうか。あの金色の粉に向かって走った人生は、間違っていたのだろうか。そんなことを考えながら、客席に一礼して、袖に捌けた。

「ありがとうな」

真っ先に、富永が言ってきた。互いが抱えた花束のフィルムが、かさかさと笑うように音を立てた。

「こちらこそ」

「またお互い、頑張ろうや」

「そうだな。頑張ろうや」

それ以上のしんみりした話は、できなかった。できるコンビだったら、きっとこうはならなかった。すべてを引き受けるように返田と長井がずびずびと洟《はな》を啜《すす》っていた。

解散ライブの機会を作ってくれた事務所のスタッフに礼を言って、なんだかんだ十年近い付き合いになるマネージャーと握手をして、駆けつけた友人や芸人仲間にひとしきり励まされ、劇場を出たのは夜九時過ぎだった。

打ち上げに向かう人数は思いのほか多く、歩道をぎゅうぎゅうになって歩いていく。その様子を後ろからぼんやり眺めていたら、背後から「御子柴さん」と名前を呼ばれた。振り返らなくてもわかる、犬飼の声だった。

「お疲れさまです」

「どうも。悪いね、あんな狭苦しいところにみんなで来てもらっちゃって」

前を行く集団の中には、橋本や和泉、慶安大陸上部棒高跳チームの面々もいた。みんなわざわざ解散ライブに来てくれたのだ。客席の後ろでちゃっかりカメラマンの後藤が撮影していたから、その模様もオンエアされるかもしれない。

棒高跳に挑むパセリパーティ御子柴、コンビ解散の傷心の中、練習に励む——想像したら、舌打ちをしてツバを吐きかけたくなった。

「ライブどうでした？」

「ご覧の通り、お義父さんは楽しそうにしてますよ」

犬飼が顎でしゃくった先で、和泉はバブルガム沢渡と何やら笑い合っていた。

「和泉さんじゃなくて、犬飼さんはどう思ったんですか？」

改めてそう聞くと、犬飼はクスッと笑って陸の隣に並んだ。華麗に外面を剝がした音が聞こえてきそうだった。

「面白いか面白くないかって聞かれたら、面白くなかったですよ」

「おお、言うじゃん」

「だって本当につまんないんですもん」

そうだろう、そうだろう。怒りや憤りは湧いてこない。解散ライブの直後なのに。

「特に御子柴さん、酷かったですね」

「……え？」

「御子柴さん、アスチャレに出てるときの自分と、ネタやってる自分を見比べたことあります？　アスチャレのときは、できる奴の顔してますよ。確実に成果を出す奴の顔。でも、ネタをやってるときは酷い。人生の二軍、三軍って感じ。ホント、ただ冴《さ》えないだけの人。面白いことなんてできるはずがない」

同じ人間とは思えないですよ。そうつけ足した犬飼は、嘲笑ってはいなかった。純粋に驚いている顔をしていた。

今日のライブで犬飼達は最後列に陣取っていた。あそこで彼は、そんなことを考えながらライブを見ていたのだろうか。想像するだけで、耳たぶが焼ける。

アスチャレに出ている自分。芸人としてネタをやっている自分。どちらの映像だって見たことがある。あるのに、こうして指摘されるまでそのことに気づけなかったなんて。

だからだよ。だから、お前は芸人として成り上がれなかったんだよ。

今日が解散ライブでよかった。おかげで、事実をこうも清々《すがすが》しく受け止められる。

「いや、なんで笑顔なんですか」

気持ち悪いとでも言いたげに犬飼が聞いてくる。そうか、俺は笑っているのか。

「喜んでるんじゃない。納得してるんだよ、納得」

コンビ解散にも、ピン芸人としてやっていくことにも、アスリート芸人の仕事しかないのにも、すべてに納得していた。でも、最後の最後の一線——自分はその程度にしかなれず、進むべき道を見誤ったのだということを、まだ飲み込めていなかった。

ようやく、今、飲み込んだのだと思う。

わかっていた。だって、今日のステージには金の粉なんて降っていなかった。

ふわりと風が吹いた。前を行く人が「さむっ」と背中を丸めたが、なかなか清涼感のある夜風だった。

「犬飼さんもさ、マスコミの前の外面のいい爽やかイケメンアスリートより、悪態ばかりついてる方が活き活きしてるよ」

はあっ？　と顔を梅干しみたいに顰めるかと思ったが、犬飼は意外と静かな反応を見せた。陸のことを横目に見やって、すぐに「なんですか、それ」と肩を竦める。

この男は昨日の日本選手権・室内でオリンピック日本代表を逃したばかりだ。

わかった上で、犬飼を指さして言ってやった。

「日本新を出せそうなのは、今のお前だな」

はははっと笑うと同時に、犬飼が陸の右手をはたき落とした。


「いるんだよなあ。友達のままの方が関係良好だったカップル、仕事仲間にならない方がよかった友達、仕事にしない方が楽しかった趣味、その他諸々《もろもろ》」

ビールジョッキ片手にそんなことを言い出した綿貫に、堪らずギョッとした。打ち上げ開始から早一時間、居酒屋の大きな座敷はいくつかのグループに分かれ、誰も彼もがそれぞれの話に夢中で、綿貫の話を聞いている者などいなかった。

端っこのテーブルで烏龍茶を飲んでいた陸の前に腰を下ろした綿貫は、何食わぬ顔で「だから、解散おめでとう」と続けた。

「いや綿貫さん、解散ライブ直後にそれ言います？」

「御子柴も富永も、それがわかったから解散したんだろ？」

「そうですけど……」

「まあ、そう浮かない顔をするな。十代の頃に夢見た職業に就く人間なんて一握りで、それを三十代、四十代になっても続けてる人間なんて、さらに一握りなんだから」

綿貫の視線は、隣のテーブルで先輩に激励される富永に向いている。その向こうのテーブルには、犬飼や和泉、橋本と狐塚の姿もある。

「綿貫さんもそうだったんですか？」

「何が？」

「綿貫さんが未だにスポーツ局に行かないのは、スポーツは趣味の領域に置いて、仕事にしない方がいいって思ってるからなのかなと思って」

仕事にしない方が楽しかった趣味。彼の言った言葉が、奇妙なくらいはっきりと輪郭を持って陸の胸に収まっていた。

「ああ、それ？　それはちょっと違うな」

側にあったカラカラに乾いた枝豆をひょいと口に入れて、綿貫は首を横に振る。

「新人の頃、バラエティに行かされるって決まって、どうしてもスポーツ中継がしたいってスポーツ局の偉い人に直談判したの。そしたら、新人研修をしてくれてたスポーツ局の上司に『お前の能力をもっと発揮できる場所がある』って言われたってわけ」

「それがバラエティだったんですか？」

「いやー、本当に嫌だったね。だってスポーツやるために日東テレビに入ったんだぜ？　入社三ヶ月だけどやめちゃおうかと思った。ところがバラエティ班に配属されてびっくり。

俺、めちゃくちゃ仕事できるのよ」

自分の胸を誇らしげに指さす綿貫に、陸は思わず「でしょうね」とこぼした。

「俺が立てた企画という企画は全部通るし、視聴率もいい、何より楽しい。評価もされるし褒められる。あれ、この仕事ってこんなに簡単なの？　って思って周りを見たら、バラエティに配属された同期……いや、先輩達ですらヒーヒー言ってるわけ」

「バラエティがとことん向いてたんですね、綿貫さんに」

「その通り。スポーツ局に行ってたらやり甲斐はあっただろうけど、今みたいには仕事できなかっただろうな。だから、アスチャレの企画を立てたんだよ」

「バラエティでスポーツの番組をやった、と？」

「好きなことをやるためのフィールドに向かうんじゃなく、得意なフィールドで好きなことをやろうっていう魂胆だな」

そして、綿貫の魂胆は今のところ成功しているというわけだ。

「もとから仕事は楽しかったけど、アスチャレが始まってからの三年、特に楽しいよ」

「そんなに都合よく踏ん切りがつけられるものなんですか？」

「ほんのちょっとの切り替えだろ？　最初に目指したものが実は自分には向いてなかった、なんて人間の方が大半なんだから、そこからの身の振り方が人生の見せどころだ」

「俺にもそれをしろってことですか。もうお笑いじゃ先がないから、アスリート芸人として頑張っていけって」

綿貫がどうしてこんな話をするのかくらい、わかっていた。とっくにわかっていた。

「でもさあ綿貫さん、アスリート芸人なんて、何年も続けられないでしょ？　大体、アスリート芸人ってなんすか？　そんな職業を、俺は死ぬまで続けられるんですか？」

「去年の東日本マスターズのチーム風林火山を見ただろ？　八十過ぎの爺《じい》さん達だって走ってる。青森にはM90クラスのチーム縄文杉《じょうもんすぎ》って爺さん集団がいるらしいぞ？」

「それとこれとは話が違うじゃないですか。俺の場合は、余暇の楽しみでも老後の楽しみでもなく、仕事なんですよ。生きていくためにスポーツをしてるんですよ、こっちは」

烏龍茶より溶けた氷の割合の方が多くなってしまった液体を、思い切って喉に流し込む。酒なんて一滴も飲んでないのに、何故か眉間の奥に熱がある。

ここに来る途中に犬飼に言われた言葉が、形を変えてそこに居座っている。

「綿貫さん、俺ね、マスターズの日本記録を出して、それで引退しようかと思ってます」

いつから考えていた？　と問われたら、どう答えればいいのか。明確に思ったのは富永から解散を提案されたとき。でも、その前からちらついていたことでもあった。

アスチャレ芸人のオーディションに受かって逃した「芸人をやめるチャンス」を、御子柴陸はずっと探していたのだ。

ボタンを一つ掛け違えていたら、解散を言い出すのは陸だったはずだ。

なのに、綿貫は表情を変えなかった。

「表に出な」

綿貫に連れていかれたのは非常階段だった。ドアの横に灰皿が置いてあるから、どうやらフロア全体の喫煙スペースにもなっているらしい。

「で、鳥人王企画が無事終わったら芸人を引退しようかな、だって？」

踊り場の柵に寄り掛かった綿貫が、先ほどと変わらぬトーンで語りかけてくる。

「とりあえずそれは、華々しく日本記録を跳んでから考えたら？　アスリート芸人なんて最近生まれた存在なんだから、年食ってどうなるかなんて、誰にもわからないよ」

跳べるもんなら跳んでみろ。そう言いたげに、綿貫は締め切られた重たい扉を見る。

「お前は、あの年で売れない芸人を続けてるドクダミ薬味を、みっともないと思うか？」

「思いませんよ」

隣のテーブルで富永を「頑張れよお、店長様！」と激励していた返田と長井の顔が浮かぶ。今年四十歳になる二人。売れない芸人街道のど真ん中をずるずる歩いて、昨年末から少しだけ仕事が増えて、でも爆発的に売れっ子になるわけでもないという二人。

「あの年まで続けられる強さは、羨ましいって思います」

返田も長井も「ずるずる続けちゃったなあ」とよく自虐する。だが、ずるずる続けられるのも一つの才能だ。どこかで我に返って、怖くなって、違う道を模索してしまう。

「俺には無理です。コンビならともかく、一人でずるずる芸人を続けられるほど……」

確かにあったはずの言葉が、喉の手前で霧散してしまう。

代わりに、綿貫が続けた。

「一人でずるずる芸人を続けられるほど、俺は俺を信じられない、ってところかなあ」

お前の考えてることなんてお見通しだよとばかりに、綿貫が笑う。

「でもなあ御子柴よ、それは賢い判断だよ。二十代は新しいカードを手に入れるのに必死になるけど、三十を過ぎたら、自分が持ってるカードでどう生きていくか、だろう？」

俺にとってのカードが、アスリート芸人だというのか。それは、十代、二十代を捧《ささ》げて闘ったにしてはカードが弱すぎやしないか。

「そう言いますけど、綿貫さんは俺の人生に責任を持ってくれるんですか？」

「考えてみろ、お前の人生に責任を持ってくれる存在は、そんなにたくさんいるのか？　相方は責任を取ってもらうための存在だったのか？」

答えに窮するとは、このことだった。そんなの、相方だって、マネージャーだって、友人だって、親だって、誰も責任など持ってくれないし、持ちたくない。持ってくれたら嬉しいけれど、安心するけれど、同じことを求められたらきっと何も返せない。

「でも俺は、アスリート芸人なんてふわふわした職業で生きていく自分の未来が、これっぽっちも見えないんですよ。しょせんはアマチュアじゃないですか。アスチャレでだって、アスリートに対する当て馬でしかない」

「それでもアスチャレの主役は御子柴達アスリート芸人だと俺は思ってるよ」

いきなりプロデューサーらしいことを言いやがって。肩を竦めたら、口から忌々しいほど真っ白な息が舞い上がった。

「スポーツは一流選手だけのものじゃない。野球だってサッカーだってマラソンだって、競技人口のほとんどは一般人だ。普段は学校に行ったり仕事をしたりしながらコツコツ練習して、目標を達成すべく頑張る。そういう人間がたくさんいるから、スポーツは続く」

彼らにとって、アスリート芸人の頑張りは励みになる。そんなことを彼が言ったら、さっさと打ち上げに戻ろう。俺は、誰かの励みになるために生きていきたいわけじゃない。

「俺の夢はこの世界をスポーツワールドにすることだ」

思ってもみなかった言葉が飛び出して、陸は崩れ落ちるように身を乗り出した。

「……は？」

「そこはキプチョゲのパクリじゃんって言うところだろ。ツッコミなんだから」

「キプチョゲがすごいマラソン選手なのは知ってますけど、全人類がキプチョゲの夢を知ってる前提で話さないでくださいよ」

恐ろしいのは、そう話す綿貫の目が一切ふざけていないことだ。

「今さ、スポーツワールドって言われて、御子柴は嫌な気分だっただろ？　体育会系、上下関係、体罰、パワハラ、我慢、勝利至上主義……スポーツが孕むそういう一面ばかりを想像しただろ。日本のスポーツの悪いところだし、実は日本人は根本的にスポーツが嫌いなんだよ。だから俺は、スポーツをそんなつまらない場所から解放する」

はあ、という相槌《あいづち》は、風にのって消えてしまう。

「スポーツの力ってのは、すごいアスリートが金メダルを獲るから生まれるんじゃない。プロである必要も、金メダルである必要も、新記録である必要もない。感動的な物語を背負ってる必要も、苦しむ姿を他人に見せびらかす必要もない。その人の競技に打ち込む姿から滲み出る何かが、人にインスピレーションを与える」

「いんすぴれーしょん……」

「それを世間は勝手に〈感動〉なんてうっす〜い言葉に翻訳するけどな、違うんだよ。『感動よ届け』じゃねえんだよ。〈感じろ〉なんだよ。アスリートは自分のために勝手に頑張るから、観てる人間は勝手に何かを感じて、お前の人生を勝手に頑張れって話だ」

綿貫の言葉尻が震え、小さなくしゃみに変わった。洟を啜った彼は「御子柴よ」と鼻先を擦りながら陸を見る。

「アスチャレをやめるなら、最後に俺にインスピレーションを与えてみせろ」

こんなに長々と話しておいて、最後の最後にそれなのか。インスピレーションを与えてみせろだなんて、日本記録更新よりずっとハードルの高いことを、俺に課すのか。

「どうして綿貫さんに」

「だって俺もやってみたかったんだもん、棒高跳」

春を先取りしたような綿貫の笑い声に、「話はもう終わり。あとは自分で判断しろ」と肩を叩かれた気分だった。

「よく慶安大に練習見に来てるじゃないですか。ちょろっと跳んでみればいいのに」

「無理だよ。跳べないよ」

「もしかして、高校のときの事故、何か後遺症でも残ってるんですか？」

「違うよ、怖くて跳べそうにないんだよ」

綿貫はあっけらかんとしていた。風船ガムでも膨らませるような口振りだった。

「ポールが折れたのが怖くて、跳べないんですか」

「そんな些細《ささい》なことで、スポーツを離れていく人間がたくさんいるんだ」

非常口のドアが音を立てて開いた。恐る恐るという顔で、狐塚翠が覗き込んでくる。

「あー……なかなか戻って来ないから、まさか喧嘩でもしてないかな、と」

席を立つとき、俺はそんな怖い顔をしていたのだろうか。

4

「御子柴さんと随分話し込んでたじゃない」

二次会に向かう芸人達を見送ってから、紅一と駅へ向かった。少し離れたところを犬飼、和泉、橋本が並んで歩いている。珍しく酔った橋本が、「六月の日本選手権だ！　次だ次！」と笑いながら犬飼の肩を叩いた。

「相方が引退するから、御子柴もナーバスになってるんだよ。日本記録を跳んで俺も引退する～なんて言い出したから、とりあえず発破をかけてきた」

二人は決して深刻な雰囲気を発していたわけではない。ないのだが、それでも大事な話をしているのだけは、遠くから見ていてわかった。

だから、二人が会場を抜け出し、いつまでたっても戻って来ないことに嫌な予感がした。万が一口論になって、億が一殴り合いにでもなったら、御子柴の圧勝だろうから。

「でもさ、アスチャレに出てなかったら……鳥人王の企画に出てなかったら、御子柴さんは今日で芸人をやめたんじゃないの？」

「そうかもなあ。あいつ、三十までに芽が出なかったらやめようと思ってて、そのタイミングでアスチャレ芸人のオーディションに受かったって言ってたし」

何かを続けるチャンスを摑むということは、やめるチャンスを逃すということでもある。年を取れば取るほど、やめるチャンスを摑み損ねた代償は大きくなる。

「御子柴さんに発破かけて、よかったの？」

「あ、翠ちゃんまで『相手の人生に責任が持てるの？』って言う？　そんなの持てるわけないじゃん。でも、誰かを破滅させたくて番組を作ってるわけでもない。翠ちゃんも陸上やってたからわかるでしょ？　御子柴は、お笑いをやらずに本気でスポーツをやってたら、今頃オリンピックに出てたよ」

歩道の石畳に蹴躓《けつまず》きそうになる。いつか、橋本も似たようなことを言っていた。

「小学校、中学校、高校をスポーツに……いや、運動系の部活に嫌気が差すことなく、いい指導者と出会って、いい環境で怪我することなく競技を続けてたら、あいつは棒高跳か、それ以外の何かの競技で日本代表だったはずだ」

まさかそれを、この男は御子柴に言ったのだろうか。芸人になったのはいい選択ではなかったと思い知らされている真っ最中の彼に。

選ばなかった道の先に成功があったなんて……そんなことを言われたら、私だったら紅一に殴りかかるかもしれない。

「でもね、紅一」

言いかけたところで、突然立ち止まった犬飼の背中にどすんと肩がぶつかった。ぶつかったのはこちらなのに、撥《は》ね飛ばされそうになる。

背骨に鉄芯でも通したみたいに、犬飼は直立不動で紅一を見ていた。三歩先で、和泉と橋本が首を傾げて振り返る。

「それ、本気で言ってるんですか？」

「あ、聞こえちゃいました？　犬飼さんからすると気持ちのいい話じゃないですよね」

紅一は相変わらずヘラヘラとした顔でとぼけた。

「いえ、そんなことはないですけど」

「でも安心してください。あいつは十代、二十代の大事な時期をスポーツ以外のことに使いました。アスリートという意味では、もう犬飼さんとの差は絶望的に埋まりませんよ」

フォローのようで、フォローではない。スタートが一緒で、環境が一緒だったら、御子柴陸と犬飼優正に差なんてなかった——そういうことなのだから。

紅一も、わかっててそういう言い方をしている。思わず翠は彼の背中をどん！　と叩いた。「おうっ」という悲鳴と共に、真っ赤なフレームの眼鏡が彼の鼻からずり落ちた。

第四話

馬鹿の一つ覚えみたいにカツ丼でも食えばいいんじゃないですか？

1

四月最初のアスチャレは、鳥人王コーナーがメインだった。年末の第一回放送、年明けの第二回放送と視聴率がよかったらしい。特に第二回は、犬飼を追ったドキュメンタリー番組の放送直後だったこともあって、かなりいい数字だったと聞く。

第二回は十一月の東日本マスターズの模様が中心だった。一般人として陸の前に現れた漆原翔が優勝し、実は日本記録保持者だと判明してスタジオは大興奮。ＳＮＳも沸いた。

第三回は、大阪での日本陸上競技選手権大会・室内競技での犬飼の活躍を伝えつつ、今後陸のライバルとして立ち塞がる漆原にまで密着した。

ジムのトレッドミル備え付けのテレビで、陸はその様子をぼんやり眺めていた。

漆原の暮らすマンションは広かった。都内で商社勤めをしているという。リビングには棒高跳のポールが積んであって、マスターズ競技会の賞状やメダルが飾られていた。

撮影に入った谷垣が「すごいですね～」とこぼすと、彼は「棒高跳を楽しみたいからしばらく結婚はできないですね」と苦笑いした。苦笑いなのに誇らしげだった。

それで終わるかと思いきや、画面に映った自分の陰鬱な横顔に、足が絡まりそうになる。

日本選手権・室内を観戦する陸の姿に被せるように、「さて、この日、御子柴さんには大きな転機が――」なんて意味深なナレーションが入る。

身構えたが、次に映ったのは慶安大のグラウンドで相も変わらずトレーニングに励む自分の姿だった。

『なんと今年の三月をもってパセリパーティを解散し、ピン芸人・パセリパーティ御子柴に。これからもアスチャレのために文句を言いつつ頑張ってくれるそうです』

そんなふざけたナレーションと共に、コンビ解散の件はあっさり片付けられた。

助かった。ここでコンビ解散を湿っぽく演出されたって、面白くもなんともない。

番組が終わってからも粛々と足を動かし、きっちり20キロを走って、シャワーを浴びた。

スマホに谷垣からメッセージが届いているのに気づいたのは、ジムを出た直後だった。

〈犬飼さんが御子柴さんと連絡を取りたいらしいんですが、諸々教えてもOKですか?〉

思わず足を止め、「犬飼さん」の文字を確認する。犬飼とはつまり俺が知っている犬飼か? 首を傾げ、ひとまずOKの返事をした。谷垣はすぐに既読をつけた。

十歩と歩かぬうちにスマホが鳴り、見知らぬ番号が表示されていて、陸は震え上がった。

「え、早すぎない?」

出るかどうか迷いに迷い、切れてはくれないだろうかと思いながら通話ボタンを押す。

『なにを出るかどうか長々と悩んでるんですか』

第一声で犬飼は陸を鼻で笑った。

「谷垣に返事をした十秒後に電話が来たら驚くでしょ。驚きを通り越して引くよ」

『谷垣さん、ああ見えて仕事が早い人ですね』

「ただ派手な髪をしてるだけの若者はアスチャレのディレクターなんてできないよ」

で、何の用? 溜め息交じりに問いかける。

『今週、どこか暇な日はありませんか?』

「アスチャレ以外に碌に仕事ないから、ずっと暇だよ」

『じゃあ、日曜にグラウンドに来てくださいよ。時間はとりあえず午後一時で。シューズとウエアも持ってきてください』

「え、なんで?」

日曜は陸の練習日ではない。つまり、アスチャレのカメラだって入らない。

『実戦練習の相手になってください』

「は?」

『橋本コーチには適当に話を通しておきますんで。カメラが来ると面倒なんで、ちゃんと一人で来てくださいね』

用件を言うだけ言って、犬飼は電話を切った。このZ世代が！　と吐き捨ててみたが、犬飼がZ世代に当たるのか、そもそも何年生まれがZ世代なのかすらいまいちわからない。

ジムで充分走ったのに、何故かアパートまでジョギングをしながら帰った。途中のコンビニでサラダチキンを買い、家で二度目のシャワーを浴びて、淡泊な味わいのチキンにかぶりついて、寝た。いつもと変わらない、自堕落とストイックが同居したまどろっこしい一日の終わりだ。

*

日曜はよく晴れた。慶安大の正門をくぐると桜が満開で、そうか、四月とはそういう季節だったなと、わざわざ立ち止まって思った。すっかり顔馴染みになった警備員が「あ、御子柴さん、お疲れさま」と声をかけてくる。

グラウンドの芝は前回のロケより色鮮やかで、ブルータータンまで色を塗り直したみたいに輝いている。

今日は棒高跳チームの練習はオフだ。なのに棒高跳の支柱とバーが用意され、犬飼はマットの横にポール片手にたたずんでいた。

他の部員も誰もいない。本当に、犬飼一人だった。

「うわ、本当に一人でいる……」

彼に聞こえるように呟いたら、犬飼はゆっくりとこちらを振り返った。シューズを履き、ウエアを着て、さも練習日かのような恰好で。

「お互いに一人でって約束だったじゃないですか」

「決闘かよ。物騒だな」

犬飼の傍らには、彼が普段使っているポールが五本。陸が使っている王様ポールも、長さや硬さが違うものも含めて全部あった。

「狐塚先生の研究室の人に鍵を借りて、倉庫から運んでおきました」

ここまでしてやったのだから、大人しく付き合え。そんな顔で犬飼はアップを始めた。

「実戦練習って何よ。犬飼さん、そんなの今まで一度もやってなかったじゃん」

「あと二ヶ月ちょっとで日本選手権ですよ？　そこで参加標準記録をクリアしないといけないんですから、そりゃあ練習に気合いも入るでしょう」

大きく肩を回し、膝を曲げ、アキレス腱を伸ばす犬飼に問いかける。

「それの相手が俺に務まるとでも？」

「務めていただきますよ」

にやりと笑った犬飼に促され、陸も静かにアキレス腱を伸ばした。谷垣には今日のことを伝えた方がよかったかもしれない。こんな展開、テレビ的にはほしいに決まっている。

「マスターズ同様、跳躍は年齢順にしましょう。同じ高さに挑めるのは三回まで」

そのへんから拾ってきた木の枝で、犬飼が土に線を引く。高さを記録するための二列の簡素な表を書くと、上段に「柴」と、下段に「犬」と書いた。彼はアスチャレの鳥人王コーナーで繰り返し使われる「柴犬コンビ」という名前を、一体どう思っているのか。

「スタートの高さ、御子柴さんが決めていいですよ。僕は４ｍ台なんて跳ばないんで」

「はいはい、そうさせていただきますよ」

半年前の東日本マスターズで失敗した４ｍ30は、今では楽に跳べる高さになった。今の自己ベストは５ｍちょうど。陸は４ｍ80にバーを設定した。

４ｍ57のポールを手に助走路に立つ。ひとまず、ポールとの相性を確かめよう。同じポールでも、コンディション次第で扱いやすい日とそうでない日がある……気がする。

助走を始めた瞬間、ああこれは跳べるな、という確信が陸の背中を押す。４ｍ80はあっさりクリアできた。

犬飼が退屈そうに開脚運動をしながら、地面に書かれた表の陸の欄に「○」を書く。４ｍ90にバーを設定しようとしたが、思い切って５ｍに設定した。

実戦練習と犬飼は言ったが、こんなの初めから勝負はついている。犬飼が日本選手権・

室内と同様に５ｍ40から跳び始めるとしたら、陸はその前に確実に三回失敗してしまう。

何が実戦練習だよ。喉の奥で毒づいて、陸は５ｍの高さに向かって助走を開始した。二歩目からしっかりスピードに乗れて、バーに触れることなくマットに着地した。

春風にわずかに揺れるバーを見上げながら、膨ら脛のあたりに眩しい温かさを感じた。もうちょっと行けるな。体がそんな予感に震えている。

陸が５ｍ10にバーを設定したところで、犬飼がおもむろにポールに手を伸ばした。

「跳ぶの？」

「相手がいた方が張り合いが出て自己ベストが出せるかもしれないでしょう？」

さも陸のためかのような口振りでポールを手にした犬飼が、エスコートでもするみたいに助走路を手で指し示す。

膨ら脛の疼《うず》きが消えないうちに、陸は足早に助走路に向かった。

ポールを構え、一度だけ深く息を吸う。だらだら考えを巡らせても仕方がない。予感に突き動かされるがまま、走り出す。

一歩目で、どうかな？　と首を傾げそうになる。二歩目で奇妙なひらめきに襲われ、三歩目でそれが確信になる。自分の肩口に金色の粉が舞ったのがわかった。

天に向かって振り上げたポールを助走に合わせて徐々に下げていき、ボックスに差し込む、染み込むような金属音と、自分でも驚くほど滑らかな突っ込み動作。

左足をスイングさせた瞬間、自分に絡まっていた重力の糸が音を立てて千切れた。足の裏、膨ら脛、膝、腿、腰、背中、腕……ありとあらゆる場所でわかった。

重力から解放された体は、抜きの動作まで軽やかだった。5m10より遥か上を通過した。マットに背中から着地し、反動ですぐさま立ち上がった。バーは落ちていなかった。

よし、よし、よしっ。三度、拳を握り込んだ。そこでやっと、カメラが回っていないことを思い出す。こんないいシーンを撮ってないなんて、絶対にあとで大目玉を食らう。

「どいてもらっていいですか」

助走路の先から、鋭い声が飛んでくる。半笑いなのに、それを拭ったら薄い刃《やいば》が仕込まれているような、そんな声が。

陸がマットを下りると、犬飼はすぐに助走を開始し、あっさり5m10を跳んだ。陸は地面に書かれた表に、二人分の「○」を書いた。

バーが10㎝上がる。たった10㎝。自分の拳より小さいのに、途方もなく大きな差だ。

膨ら脛には確実に疲労が溜まっていた。これは、一度失敗したらもう跳べない。助走路で軽くアキレス腱を伸ばし、陸はポールを構えた。

風が吹く。4m57のポールがかすかに揺れる。

助走の一歩目で、足にこびりついていた疲労が溶けて消えた。体がふわりと軽くなって、助走路を抉《えぐ》るようにボックスに向かって駆ける。

ボックスにポールを突っ込み、ぐにゃりと曲げる。ポールの反発が掌に、腕に、腹の底に伝わってくる。

そのとき、反発と一緒に別の何かが伝わってきた。体の奥深くで、ピリッと辛みを伴って小さな火花が散る。

違う、と体が叫んだ。次の瞬間、陸は空を仰いでいた。跳躍動作は体に染みつき、勝手に体が翻る。腰のあたりがバーに触れ、そのままバーと一緒にマットに落下した。

あーあ、残念でしたね。側で犬飼が言った気がしたが、構わず陸はマットを飛び降りた。

「倉庫の鍵、ある？」

犬飼に詰め寄って右手を差し出す。彼は、「はあ？」と首を傾げた。

「倉庫だよ！　狐塚先生がポールを保管してる倉庫！」

ああ……と犬飼が脱ぎ捨てられたジャージのポケットから小さな鍵を出す。奪い取って、グラウンドを飛び出した。吸い込んだ春の風は暖かく、湿った土と桜の花の香りがして、額に汗を掻いていることに気づいた。

狐塚の研究室の入る建物まで走り、屋外に置かれた倉庫の鍵を開け、山積みになったポールの長さを一本一本確認する。

「……あった」

４ｍ90。狐塚が漆原翔に依頼されて作ったポールの予備だ。

「狐塚せんせーいっ！」

倉庫の真上に位置する狐塚の研究室に向かって叫ぶ。数秒おいて、窓が開けられた。陸の顔を見て「ええっ？」と目を白黒させる。

「御子柴さん、今日って撮影ありましたっけ……」

「４ｍ90のポール、使わせてくださいっ」

返事を聞かず、ポールを担いでグラウンドに走った。二階から狐塚が「ちょっと待ってー！」と叫んでいるが、構わず走った。

あとで謝ればいい。これは一分一秒を争うのだ。体の芯に散った火花を忘れないうちに、もう一度跳ばないと。

グラウンドに戻ると、犬飼は助走路に立っていた。新しいポールを抱えて現れた陸に何も言うことなく、軽やかに５ｍ20をクリアする。

「二回目、どうぞ」

犬飼はまだ失敗はゼロ。陸は一回失敗した。有利なのは圧倒的に犬飼だ。

走って息が上がっているが、構わず陸は助走路でポールを構えた。先ほどまで使っていた４ｍ57に比べると、その長さに圧倒される。重い。暖かなそよ風にすら、体が左右に振られそうになる。

両手にぎゅっと力を込め、陸は走り出した。途中、体の軸がぐにゃりと歪《ゆが》む。構わず長いポールの先端をボックスに差し込む。

さっき体の奥で散った火花は、じれったい違和感だった。俺はこの高さを跳べる。跳べるけど、このポールじゃ足りない。もっと長いポールを寄こせ。陸の体が抗議してきた。軟らかめのポールのはずなのに、曲げようとすると激しい抵抗が腕を襲った。

それでも、助走で溜め込んだエネルギーで、抵抗をねじ伏せる。弓なりに曲がったポールに身を任せるように、左足を天高く蹴り上げた。

そうだよ、この長さだよ。胸の奥で、ずっと嚙み合っていなかった部品同士が嵌まる。綺麗に嵌まって、きらりと光る。気持ちのいい上昇だった。初めて空を飛んだ人間はきっとこんな気分だったに違いない。

ピンと伸びたポールを最後に一押しすると、体がするりとバーを跳び越えた。まだ余裕がある。間違いなく、あと10㎝は余裕がある。

俺は5ｍ30を跳べる。離れていくバーを見つめながら、陸は息を吸った。マットに着地した瞬間、大きく声を上げた。雄叫《おたけ》びだ。こんな大声で自分を褒め称えたのは何年ぶりだ。

「見たか」

犬飼を指さして、叫んだ。今はカメラが回ってない。俺の5ｍ20を見たのは、この妙に面のいい腹黒な日本代表候補しかいない。

何がそんなに意外だったのか、犬飼は虚を突かれたようにバーを見上げたままだった。

ゆっくり陸に視線を移したと思ったら、忙しない瞬きを三回。

「ええ、見ましたよ」

嘲笑か皮肉が続くと思ったのに、犬飼は口を開きかけたまま固まる。言いかけた言葉が喉の奥で消えてしまったみたいに。

一回り近く年下の青年を指さしている切羽詰まった自分が、途端に恥ずかしくなる。

「わかってるんだ」

口の中が言葉であふれ返ってしまう。

「体……というか、体の奥の方が滾《たぎ》ってる。俺の力が発揮できるのはここなんだって。ずっと待ってたんだって」

釣られるように、俺の心まで躍っている。こちらに走っていけば何があるのか。自分に何ができるのか。可能性に期待を膨らませている。自分に期待している。

「芸人をやってきた俺の頭が、それを、認めたくないだけで」

「別にいいんじゃないですか？　長すぎた青春の禊《みそぎ》に棒高跳を使いたいなら、どうぞ。僕が棒高跳界を代表してどうこう言う資格もないですから」

ふふっと笑った犬飼が、木の枝で陸の５ｍ20の欄に〇を書く。

×のあとに、〇が並ぶ。

「さて、次は５ｍ30ですね」

支柱に歩み寄った彼の整いすぎた横顔に、陸は思わず投げかけた。

「そっちこそ、何のために跳んでるの。まさか、棒高跳すら、悲劇のアスリートの息子として求められるから跳んでる、なんて言わないよな？」

犬飼の目がどんどん険しくなる。それは反発の目なのか、それとも図星の目なのか。

「御子柴さんに僕の気持ちは一生かかってもわかりませんよ」

「そりゃあ、そうだろうよ」

「お祖母《ばあ》ちゃんが死んだときにね、親戚の伯母《おば》さんから『私の家に来るか、和泉さんの家に行くか、優正はどっちがいい？』って聞かれたんです」

唐突に投げつけられた言葉に、面食らう。

「五歳のくせに、俺は瞬時に頭の中で計算したんですよ。どっちが幸せになれるのか。どっちが正解なのか。それでお義父さんを選びました」

犬飼の眼光が一際鋭くなる。ポールに手を伸ばした彼は、その先端をとんと地面に突いた。真っ直ぐ立ち上がったポールは、５ｍはある。

「その選択を間違っていたとは思いません。棒高跳をやらせてくれたことにも感謝してます。結局それすら悲劇のアスリートの息子、父に捧げるオリンピックのメダルという物語の一部になるのだと思うと、とても虚しいですよ」

「お、おう」

「自宅の庭で棒高跳できるように助走路と支柱とマットを揃えてくれたのも、嬉しかったです。でも、それをテレビで『親友の死の償いとして～』みたいに描かれて、日本中にそう受け取られるのが堪らなく嫌でしたけどね」

それでもね。忌々しいものを靴の裏で磨《す》り潰すように、彼は絞り出す。

「それでも、そんな煩わしいことを忘れさせてくれるのが、棒高跳だったんですよ」

次は５ｍ30だった。自己ベストを20㎝も更新した陸の足や腕は、パンパンに膨れあがっていた。三本ともあっさり失敗し、犬飼は一発でクリアした。

端から勝負になるはずなかったのだが、バーと共に落下したマットの上で、陸は「負けました！」と両手を上げた。

「５ｍ82を跳ぼうとしてる日本代表候補相手に、勝負になるわけがねえ」

「それ、皮肉ですか」

地面に書いた記録表を入念に足で消しながら、犬飼が聞いてくる。

「いや、事実でしょ。５ｍ82、六月の日本選手権で跳ぶんでしょ？」

「跳ばなきゃオリンピックが遠ざかります。だから跳ぶしかないんですよ」

どこか強ばった犬飼の口調に、陸は「調子悪いの？」と問いかけた。

「はあ？」

一応、彼の調子を案じたつもりだったのに。思ってもみなかったリアクションに「え、すみません」と咄嗟に謝ってしまう。

「不調でも怪我でも何でもねえよ。調子よく跳んで、ミスなく跳んで、普通に跳べない。ただそれだけ。そういうもんなんだよ、日本の男子棒高跳にとっての5ｍ82ってのは」

「だったらもう、余計なもんを下ろす以外に方法なんてないんじゃないの」

マットに肘を突いて寝転がり、犬飼の凛とした鼻筋に投げつける。

また、犬飼は陸を睨んだ。

「……じゃないかなと、一介のアスリート芸人である僕は思いますけどね」

体勢を変えることなくそう続けた。向こうはアスリートで、こちらはアスリート芸人なのだ。アドバイスしようと考えるのがそもそも間違っている。

ただ、この面倒くさい生き物に、一回り年上の大人として、芸人の世界で足掻《あが》いた末に途方に暮れているアスリート芸人として、何か言ってやろうと思ってしまっただけだ。

グラウンドの先に狐塚の姿が見えた。やべ、謝る準備しないと。慌てて起き上がったら、犬飼が盛大な溜め息をつくのが聞こえた。

「御子柴さんのくせに」

＊

その日のスタジオ収録では、鳥人王コーナーの出番はなかった。パリオリンピックまで三ヶ月を切り、徐々に日本代表内定者も出揃ってきた。柔道や水泳、レスリングなど、日本代表の活躍が見込まれる種目をメインに、アスチャレ芸人達がアスリートからレクチャーを受けるロケ映像が続く。

「5m30、跳べそうなの?」

収録が終わり、控え室である大部屋でバブルガム沢渡に聞かれた。今日の収録ではロンドンオリンピックで金メダルを獲った元レスリング選手とやり合う模様が披露されたが、メダリスト相手に随分奮闘していた。

「跳べそうな予感が一瞬したんですけどね〜、先月の頭くらいには」

慶安大のグラウンドで犬飼と実戦練習をしてから何度か5m30に挑んだが、跳べる気配は一切なかった。幻の自己ベストである5m20ですら、あれ以降一度もクリアしていない。

「ラストチャンス、七月なんだっけ?」

「七月の東京マスターズ競技会ですね」

五月の連休が明けた途端、時間がないことを思い知った。テレビは明らかにパリオリンピックを意識した番組作りを始め、CMにはアスリートが頻繁に登場し、オリンピックの足音が社会のあちこちから聞こえ始めた。

オリンピックの開幕は、そのお膳立てである鳥人王コーナーの終わりを意味する。アスチャレを観た視聴者が「おっ、いよいよ来週からオリンピックか。棒高跳が楽しみだな」と思った時点で、陸の役目も終わる。

それが、俺の芸人としての最後だろうか。ケータリングのサンドイッチを物色しながら、そんなことを思った。

「ああっ、御子柴さんじゃないですか」

控え室を出たところで、カラッと明るい声に呼び止められた。一年ほど前にアスチャレで対決した競歩の東京オリンピック金メダリスト・蔵前修吾だった。

顔を合わせるのは一年ぶりなのに、先週飲んだばかりですよね？　という顔で「お久しぶりでーす」と駆け寄ってくる。本人は〈歩み寄った〉つもりなのだろうが、この男、普通に歩くのも異様に速い。

「御子柴さん、今日もアスチャレの収録ですか？」

「そーですよ。蔵前さんはオリンピック関係ですか？」

「ええ、ワイドショーで競歩特集をするっていうんで、解説役です。ちゃっかり本番の解説もやる予定です」

東京オリンピックを最後に、蔵前の主戦場だった50キロ競歩はオリンピック種目から消えた。蔵前はそれを機に引退したのだが、フットワークの軽さと気さくな性格が相まって、今ではテレビでちょくちょく見かけるオモシロ競歩お兄さんになった。

「そうそう、聞いてくださいよ御子柴さん。僕ね、帝都《ていと》テレビでレギュラーが決まっちゃったんです」

「え、競歩番組？」

「いえ、まさかの散歩番組です」

散歩っ？　と陸が驚いたのがそんなに愉快だったのか、蔵前は満面の笑みで頷いた。

「いろんな街でお題をクリアしながら散歩するんですけど、なんか制限時間があるらしくって、ゲストと一緒に競歩で散歩するんですって」

「それで、蔵前さんがレギュラーに？」

「テレビの人が考えることってわかんないですよね」

放送時間は木曜日の深夜だという。九月の番組改編でスタートするから、ひとまず続けられる限り頑張りたい。そう話す蔵前に、気がついたらぽかんと口を開けていた。

オリンピックイヤーということもあるが、番組出演時間だけを比べたら陸より蔵前の方がテレビで活躍している。間違いなく。

「番組スタッフが言うには、アスチャレで御子柴さんと対決した回を見てオファーしてくれたみたいなんですよ。だから、御子柴さんにお礼を言わないとなと思ってたんです」

「いやそんな、俺は蔵前さんにコテンパンにされただけですよ」

「何言ってるんですか。御子柴さんが僕をちゃんと競歩選手として美味《おい》しくしてくれたから決まったレギュラーですよ」

すっと表情を引き締めた蔵前に見据えられ、言葉に詰まった。

「東京オリンピックが終わってからテレビに結構出ましたけど、まさかテレビタレントになるとは思いませんでした。だって、金メダリストとして番組に呼ばれたのに、MCは競歩になんて興味ないし、共演者が夢中になるのは好きな女性のタイプと恋愛経験。変な趣味を持ってるとか親が変人だとか、競歩と関係ないつまんないトークばっかり」

そんな番組に一つ、二つ、いや四つ五つ思い当たるものがあって、陸は堪らず苦笑した。

「だからね、アスチャレは貴重だなって思ったんですよ。アスリートをアスリートとして扱ってくれて、競技のアピールをさせてくれて、選手の恋愛事情も変な趣味も、涙なしに語れない苦しい過去も関係なく、ただ競技をさせてくれる。アスチャレに出演したおかげでスポンサーが決まった子だっているんですから」

さもすごいことのように蔵前は言うが、そのほとんどは番組の力であって、陸の力ではない。綿貫の「アスチャレの主役はアスリート芸人」という歯の浮くような台詞を真《ま》に受けるなら、多少は喜んでもいいのだろうか。

「そういうわけで、いつか御子柴さんともまた共演できるように頑張りますね」

ワイドショーとやらのスタッフだろうか、若いスタッフが遠くから蔵前を呼んだ。彼は「それじゃ」と手を振って、異様な早歩きで廊下の先へと消えた。

共演するために頑張るほどの人間じゃないですよ、俺は。そんなことを思いながら蔵前の背中を見送ったら、また名前を呼ばれた。

スタジオの方から谷垣がスマホ片手に駆け寄ってきた。蔵前と違って、こちらは本当に小走りだった。

五月の谷垣の髪は、若葉のような明るいグリーンだった。一体、来月は何色になるのか。

「なんか、また犬飼さんから連絡が来たんですけど」

「え、まさかあのイケメン、また面倒なこと言い出した？」

「いや、面倒ではないんですけど、変なことを言ってます」

谷垣がスマホを見せてくる。文面を確認して、陸は「は？」と首を傾げた。

それが、五月中旬のことだった。犬飼が出場する日本選手権は一ヶ月後に迫っていた。

その日からの一ヶ月を、陸は蔵前との会話をたびたび思い出しながら過ごした。

2

「うわ、最悪だ」

大阪駅から在来線に乗り換えたところで、窓の外を見つめて狐塚翠は思わず呟いた。

曇天だった。一昨日《おととい》、近畿地方に梅雨入りが発表された。スマホで天気予報を確認すると、この先一週間、軒並み傘マークが表示されている。

日本選手権が始まったのは昨日だ。パリオリンピック代表の座を賭けた最後の戦いと言っていいこの大会に参加するため、会場であるヤンマースタジアム長居《ながい》に日本中からアスリートが集まっている。

棒高跳の開催は三日目の午後。犬飼と橋本はもちろん、アスチャレ関係者も今日大阪入りし、明日に備える予定になっている。

梅雨の時季だから覚悟の上とはいえ、悪天候の予報だなんて、確実に棒高跳の選手達のテンションは下がっているだろう。ちょっとの風で跳躍に影響が出るのが棒高跳だ。雨なんて、記録が望める大会ではないことが確定しているようなものだ。

「オリンピックの選考会なんだよ？」

わかってるの？　天王寺《てんのうじ》駅で電車を降りたところで、我慢できず空に投げかけた。

アスチャレの谷垣は、翠の分のホテルまでわざわざ取ってくれた。ヤンマースタジアムにほど近い、天王寺駅が最寄りのビジネスホテルだ。

地図を頼りにホテルに辿《たど》り着くと、カウンターに派手なオレンジ色の髪の男が立っていた。最早顔を見なくてもわかる。アスチャレの谷垣ディレクターだ。

その隣には、キャップを目深に被った背の高い男がいる。

「え、犬飼君？」

恐る恐る声をかけると、音もなくキャップの男が振り返る。形の整った凜とした目は、確かに犬飼だった。

「狐塚先生も今到着だったんですね。じゃあ一緒にチェックインしちゃいましょう」

谷垣が意気揚々と手続きをし始める中、翠は犬飼の顔を覗き込んだ。

「珍しいね、犬飼君と谷垣さんが一緒にいるの。それともたまたま一緒になっただけ？」

「いえ、今日は朝から犬飼さんとデートだったんです」

チェックインシートに名前を書きながら、手を止めることなく谷垣は言った。「大阪デート？」と首を傾げた翠に、犬飼は「デートではないですよ」と苦笑する。

そのまま、おもむろに被っていたキャップのツバに触れた。するりと脱帽した彼に、翠は息を吞んだ。

犬飼の髪はピンクだった。いや、青だった。緑でも黄色でもオレンジでも金でもあった。

「なっ、なにいろ？　その髪……」

「谷垣さんがよく行く美容院で、朝イチでやってもらったんです」

自分の髪のピンク色の部分を指先で弄りながら、犬飼は肩を竦める。でも、満更でもなさそうだった。

「確かに、一年分の谷垣さんの髪の毛を混ぜたみたいな感じになってるけど」

長く見つめていると目がチカチカしてくる。ああ、孔雀《くじやく》だ。羽を広げた雄の孔雀みたいな見た目だ。

「すごい色っすよねー。明日が犬飼さんの大事な大会だって伝えたら、店長が超気合い入れたんですよ。ちなみに僕は陸上日本代表のユニフォームのオレンジにしました」

得意げに自分の頭を指さす谷垣だが、犬飼の横では大人しい色味に思えてしまう。

「でも犬飼君、その、大丈夫だとは思うんだけど、いろいろ大丈夫？」

彼のファンも、彼を爽やかなイケメンアスリートとして扱うマスコミも、彼をスポンサードしている企業も、この変わり様を見たら驚く。きっと、あまりよくない方向に。

「えーと、遅れてきた反抗期みたいに、扱われたりしない？」

反抗期という単語がそんなに面白かったのか、犬飼がふふっと肩を揺らす。「なるほど、反抗期ですか」と掌で口を覆って笑った。

「いいですね、反抗期。いっそ、日本選手権が終わったらピアスを開けるかタトゥーを入れるかしようかな。それくらいでぎゃーぎゃー言う連中、みんな死ねばいいですよ」

ガムでも噛むように「死ね」という単語を弄ぶ姿は、悲劇のオリンピアンの息子とは到底思えない。SNSにでも晒されようものなら炎上必至だ。

「髪を染めるの、橋本コーチや和泉さんは知ってるの？」

「もちろん、秘密ですよ」

ねー？　と目配せをして笑い合った犬飼と谷垣が、不思議と微笑ましく思えてしまう。谷垣が「ピアスもタトゥーもいい店知ってますよ」と言うから、犬飼は本当に実行するかもしれない。

「試合に出るのは犬飼君だから勝手にすればいいことだけど、あんまり部外者に迂闊《うかつ》なこと言っちゃ駄目だよ？　私がSNSに書き込んだりしたらどうするの」

年配者らしい説教をしてしまった。だが犬飼は何食わぬ顔で「まさか」と微笑む。

「僕はね、結構、狐塚先生を信頼してますから」

「どうして？」

「いつだったか忘れましたけど、マスコミの取材を受けたっぽい狐塚先生が、校舎の前で地団駄を踏んでるのを見かけたから」

ああ、それは、いつだっただろうか。一時期、取材を受けるたびに高頻度でそうやって憤っていた気がする。

「それで、私を信用してるの？」

「僕と同じものに苛《いら》ついてると思ったんですよ」

にやりと笑った犬飼に、チェックインを終えた谷垣がルームキーを渡す。派手な孔雀頭を帽子で隠した彼は、表情も相まって毒舌ばかり吐くヒールキャラにしか見えなかった。オリンピックを目指す爽やか感動ドラマの主人公では、ない。

それが競技者として吉と出るか凶と出るかは、全くわからないけれど。

＊

翌日のヤンマースタジアム長居は、案の定の雨だった。幸いだったのは、朝方は本降りだった雨が日が高くなるにつれて弱まっていったことだ。

それでも、小雨がぱらついている。棒高跳が一番よく見えるスタンド席でレインコートに身を包み、翠は天を仰いだ。この一帯に陣取るアスチャレ関係者はみんな、数分ごとに同じことをしている。

空は明るく、あと一歩で晴れそうなのに、なかなか雨は止まない。その割に客席は埋まっていた。雨に濡《ぬ》れるスタジアムで繰り広げられる陸上の日本一決定戦を、息を潜めるようにして見つめている。

「雨の中の棒高跳って、最悪ですね」

翠の隣に座る御子柴陸が、溜め息交じりにぼやく。橋本は犬飼に指示が出せる最前列に、和泉は逆に後列に控えている。谷垣はカメラマンとスタンドを行ったり来たり忙しない。

棒高跳の出場者は十九人。予選はない。決勝に向かう十九人の選手がポールを手にフィールドに現れたとき、小さな拍手が翠達の周囲から湧いた。だがそれは、最後尾で優雅に犬飼が登場した瞬間、どよめきに変わった。

昨日一度見たはずなのに、彼の髪色にギョッとしてしまう。雨の中でも彼の孔雀髪は目立つ。周囲にいる他の選手まで、チラチラと彼を目で追う。

試合の模様はネット配信もされているから、実況と解説者が「犬飼選手、すごい頭ですね」「どうしちゃったんですかね……」なんて今頃言い合っているかもしれない。

「あの頭、やばいっすね」

声を上げて笑った御子柴は、どうやら事情をわかっているらしい。試合直前まで犬飼と一緒にいた橋本は「何はともあれポジティブに本番を迎えられれば何でもいいですよ」と笑っていたが、内心ではヒヤヒヤしているに違いない。

後方の座席を振り返り、和泉の姿を確認した。青いレインコートにくるまった和泉の表情はよく見えなかった。

男子棒高跳決勝は5m10からスタートした。トラックではU20の男子3000m障害の決勝が行われている。二十歳以下の選手が雨の中をハードルや水濠《すいごう》を跳び越えながら走っていく。

翠の周囲にいる人々は、誰一人他の競技など見ていない。細かな雨音がレインコートを叩く音しか聞こえないのは、別件のせいで紅一が来ていないからだけではない。

犬飼の跳躍順は十七番目だったが、彼は5m10を順当にパスした。パスをしたのは犬飼を入れて五人。残りの十四人も、失敗を挟みつつも全員が5m10をクリアする。

これが5m30になると、三回で跳躍を成功させられない選手が出てくる。濡れた頬をタオルで擦りながら、翠は再び空を睨み上げた。

犬飼が待機所からポールを手に助走路に向かう。ポールの手元をタオルで覆い、レインボーの髪を雨に濡らして。

「早いですね、もう跳ぶんだ」

翠に宛てたのか、隣で御子柴が呟いた。

「コンディション悪いですからね。ポールや跳躍の感覚を確かめるために、このへんで一度跳んでおきたいのかも」

助走の直前にポールに巻いていたタオルを取り払い、犬飼は軽々と5m30を跳んだ。美しい跳躍だった。助走もスムーズで、変に詰まるようなところも、ぎこちないところもない。いつも通りの犬飼優正の跳躍。

状態を確認したのか、犬飼は次の5m40をパスした。この段階で残っている選手はもう六人しかいなかった。その中から5m40を成功させたのは、二人。

「あっという間に、前回と同じ三人になっちゃいましたね」

御子柴の言葉に、翠は静かに頷いた。十九人いた選手のうち、犬飼、柳、海田だけが残った。三月の日本選手権・室内と同じメンツだ。

寂しげでもあり、同時に日本一決定戦としての崇高さもあった。この場に来ることすらできなかった大勢の選手のてっぺんに、あの三人だけが立っている。

「柳さんも海田さんも参加標準記録の５ｍ82は突破してないですから、状況は犬飼君を含め全員一緒ですね」

パリオリンピックの代表選考要項には、この日本選手権で三位以上、かつ参加標準記録の突破が代表内定の条件と記されている。三人に絞られた時点で〈三位以上〉は確定したから、ひとまずは記録に集中……といきたいのだが、参加標準記録を突破する選手が複数いたら、日本選手権での順位が選考で重要になってくる。

だから、結局は勝負と記録、両方を狙わなければならない。しかも、今日はこの不良コンディションだ。

犬飼と柳は５ｍ50もパスした。一人５ｍ50に挑んだ海田が無事一発でクリアすると、会場から拍手が湧いた。

だんだんと、スタジアムの雰囲気が変わってくる。決勝も大詰め、勝者が決まろうとしている空気を観客が感じ取った。

「マラソンでいうと、35キロ過ぎって感じですね」

ぽつりと御子柴が言う。これはもしや本当に独り言で、翠の返答なんて求めていないのかもしれない。それでも翠は「そうですね」と答える。

「35キロまでにペースの上げ下げや駆け引きがあって、ついていけない選手から脱落していく。35キロを過ぎたら、先頭集団に残った数人でラスト7・195キロの勝負に入る。今がまさにそういうタイミングです」

何色のメダルを手に入れるか、記録を出せるか否か。そういう勝負が始まるのだ。

パスを重ねた犬飼が試技回数的に有利ではあるが、待機所で入念にタオルで体を拭く彼は、遠目にもピリピリしていた。

体が冷えること、ポールや助走路が濡れて跳躍が乱れること、それによって記録が遠ざかること。跳躍後にマットに落下するのなんて、水溜まりに背中から飛び込むのと変わらない。雨の日の跳躍は苛立つことばかりだ。

係員によってバーの高さが上げられる。5m60は、スタンドから見ていても高く感じた。もうパスをする者はいない。全員が跳躍に向け、雨で冷えた体を忙しなく動かし始めた。

跳躍は柳、海田、犬飼の順番だった。助走路に向かう柳と海田の姿を巨大なバスタオルにくるまった犬飼が睨みつけている。普段の彼なら、爽やかに微笑みながら他の選手に拍手を送っているのに。

今の犬飼は、格下が敗退して去るのを待っているかのようだった。後ろ姿や横顔、ポールに手を伸ばす一挙手一投足に至るまで、何もかも横柄な空気をまとっている。

柳は5m60を一発で成功させたが、あとに続いた海田は失敗した。バーを落とし空になった支柱を見上げて顰めっ面をする海田をよそに、犬飼は助走路に立つ。その横顔が、明らかに「早くどけよ」と言っている。どうかその顔が、ライブ配信でアップにされていませんようにと祈った。

ポールの手元を覆っていたタオルを地面に放り投げ、犬飼が助走路を走り出す。濡れた走路に足を突き刺すような助走。シューズの踵から白い雫《しずく》が跳ぶ。跳躍は雨を振り払うように軽やかだった。

一発で5m60をクリアした犬飼は、ガッツポーズをすることもなくあっさりと待機所に戻った。その後、海田が5m60に二回、三回と挑んだが、惜しくも敗退となった。

――さあ、優勝争いは柳選手と犬飼選手に絞られました。

ライブ配信ではそんなふうに実況しているに違いない。

バーがまた一段と高くなる。5m70――いよいよ、参加標準記録の5m82、日本記録5m83が見えてきた。

しかし、優勝争いはあっさり決着がついた。柳の一本目は全く高さが出ず、バーの下を潜《くぐ》る形でマットに着地した。それを嘲笑うかのように、犬飼は5m70をクリアする。

柳はその後、三回目まで目一杯チャレンジしたが、競技経過を示す電光掲示板に「○」がつくことはなかった。

優勝者が決まったのに、会場からは拍手も歓声も起こらなかった。「さあ、弱い奴が消えたところで、ここからが本番ですよね」という顔で、犬飼がポールを担ぎ上げたからだ。

彼が客席に立つコーチの橋本を見る。橋本が何も言わず頷くのが翠からはわかった。

三月の日本選手権・室内と同様、犬飼は自己ベストの５ｍ76ではなく、５ｍ82にバーを設定した。ここでわざわざ高さを刻んでも何の意味もない。設定されたバーの高さに、客席から拍手と声援が送られる。

オリンピック参加標準記録に挑む不安や恐怖、プレッシャーがないわけがないのに、犬飼は助走路の先で少しだけ呼吸を整えると、すぐさま助走を開始した。もたもたすると手元がどんどん雨で濡れてしまうから、こればかりはどうしようもない。

犬飼の助走は、変わらず推進力にあふれていた。スタジアムに吹き込む風をものともせず、流れるように突っ込み動作に入る。踏み切りも力強く、振り上げられた左足から雨粒が跳び、美しい半円を描いた。

ふわりと浮き上がった犬飼の体は、高かった。おおっ……と客席がどよめきに揺れた。

だが、距離が足りなかった。助走の推進力、ポールからの反発をすべて高さを出すことに使ってしまった。体は確かにバーを越えたのに、そのままバーの上に落下してしまう。

ジェンガが崩れるようにバーと一緒にマットに落ちた犬飼に、会場中から落胆の声が響く。犬飼が綺麗な顔に皺を寄せて立ち上がったのは、失敗したことよりも、勝手な期待と勝手な落胆が虫酸《むしず》が走るほど鬱陶しかったから……だろうか。

するするとスタンドの階段を下りてきた和泉が、大きな体を縮こまらせるようにして翠の隣に座った。

「すいません、後ろで一人で見ているのが限界に達しました」

「心配ですか?」

「そりゃあ、いきなり頭をエナジードリンク売場みたいにしちゃったら、親は誰だって心配するでしょう」

ですよね〜と苦笑した翠の横で、御子柴が身じろぎした。遠慮がちに和泉の名を呼ぶ。

「犬飼さん、大丈夫だと思いますよ」

いや、周囲の見る目というか、ファンがどう思うかとかは別ですけど……歯切れ悪くそう続けながらも、御子柴は「大丈夫ですよ」と頷く。

「あんな髪にしちゃったら、何かしないと駄目ですもん」

「御子柴さん、それ、絶妙にフォローになってないですよ」

案の定、和泉は難しい表情で腕を組んだ。

「あいつは、雨の日だって庭で跳んでたんです」

そういえば年明けに放送されたドキュメンタリー番組で、和泉の家が映っていた。庭には立派な棒高跳の練習セットが組まれていた。「棒高跳の練習環境を整えてくれた両親にオリンピックで感謝を示したい」と、笑顔で犬飼は話していた。

「風が強い日も、雪の日だって跳んでました。ずぶ濡れでリビングに戻ってきて、いつも僕と妻に『ごめん』って謝る。でも、僕達は一度だってそれを叱ったことはないし、やれともやるなとも言ってこなかった。あいつは自分の意志でただひたすら、どんなコンディションでも跳べる自分を作ってきたんです。こんな小雨に負けるわけがない」

自分で自分を納得させるように、和泉は二度、三度と頷く。客席から小さな手拍子が起こった。助走路のスタート地点で、犬飼が客席に手拍子を求めている。

「うわ、珍しい」

あいつが手拍子を求めるなんて。目を丸くした和泉が、誰よりも強く両手を叩き始める。翠も御子柴も同じようにした。

ここぞというところで手拍子を求める跳躍の選手は多い。盛り上げてくれ、鼓舞してくれ、と客席を煽《あお》るのだが、犬飼の求めたそれは、もっと上から目線の尊大なものだった。王様のお通りなんだから、平民は頭を下げて当然だろ。そんな煽り方だ。

ポールをタオルで拭って、犬飼が助走の構えを取る。手拍子の波に乗るように走り出し、いつも通り十八歩の助走をしっかり踏み込み、エネルギーを無駄にしないよう、腕をしっかり伸ばして突っ込みの動作に入る。

美しく弓なりに曲がったポールに導かれ、犬飼の体はふわりと上昇し——バーの遥か下で跳躍をやめた。全身から力を抜き、そのままマットに着地する。会場は一本目よりずっと大きな落胆の声と、どうした？　どうした？　という困惑でいっぱいになる。

「やめましたね」

御子柴の呟きに、翠も和泉も頷いた。犬飼は途中で跳躍をやめたのだ。

怪我か、トラブルか。客席の疑念をよそに、犬飼は悠々とマットを下りて係員に声をかけた。その場でストレッチをして、再び助走路に向かう。

「最後まで跳躍しても５ｍ82はクリアできないって、途中でわかったんでしょうね」

そうとしか考えられない、と首を捻った和泉に、翠は小さく鼻を鳴らした。

助走も突っ込み動作も上昇姿勢も、問題があるようには見えなかった。こうなると、あとは本人の感覚の問題だ。翠達には到底わからない領域で、犬飼は何かが駄目だと本能で察知したに違いない。二本目を捨てて、さっさと三本目に挑もうと思うくらいに。

濡れたレインボー頭は、昨日より色鮮やかだった。生き物が敵を威嚇《いかく》し、自分を優位に見せるための色。毒を持っている生き物の色。その髪に、客席の視線が集まる。

明らかに客席の空気は一本目、二本目より落ちていた。「跳べるかも」が「あれ、どうだろう？」になり、「ちょっと今日は無理そうだな」になっている。

それを察知したように、助走路の手前で犬飼がふと顔を上げた。自分を取り囲む客席を舐めるように睨みつけ、最終的にこちらを見る。

コーチである橋本、義父である和泉、翠や御子柴、アスチャレの関係者がいる一帯を。

「――小さいんだよ！」

苛立たしげに眉間に皺を寄せ、こちらを指さした。彼の口から雨粒ではなくツバが飛ぶ。

「俺を担ぎ上げたんなら、お前らが一番俺を応援しろ！」

吐き捨てるように叫んで、犬飼は助走路に立つ。先ほどのように手拍子を煽ることはなかった。求められなくてもお前らはして当然だと言いたげだった。

最初に手拍子をしたのは、翠でも御子柴でも和泉でも、橋本でもない人だった。名も知らぬ観客の一人だった。手拍子が一つ、二つと増えていき、翠もそれに混ざった。御子柴も和泉も混ざった。前方を見ると、橋本も胸の前で静かに手拍子をしていた。

「すげえ」

手拍子をしながら御子柴が噴き出す。彼はそのまま、レインコートのフードを脱いだ。

「雨、止《や》んじゃいましたよ」

翠は顔を上げた。目元に小さな雫が落ちてきたが、それはレインコートの端からこぼれた水滴だった。曇天は白く光り、その隙間からうっすら青空が覗いていた。

レインコートを脱いだ。手拍子はさらに大きくなっていた。

犬飼がその場で犬のように体をぶるぶると震わせる。派手なピンク色に染まった前髪を搔き上げて、ポールを構えた。ポールが、雲間から覗く青空を指さした。

手拍子が一番大きくなったタイミングで、犬飼は駆け出した。濡れた助走路に午後の日が反射し、金色に光る。彼の髪や肩や膨ら脛から散った雨粒が、同じように金色の粉になって舞う。

力強く軽やかな助走。歩数はいつも通り十八歩。ぐんぐん推進力が増していく。いい助走だ。あとは犬飼自身が「跳べる」と感じているか。

静かにポールを立ち上げた犬飼が、ボックスに先端を差し込む。雨上がりとは思えないくらい乾いた金属音が、スタジアム中に響いた。

ぐにゃりと曲がったポール、振り上げられる両足、上昇していく犬飼の体、すべてが美しかった。エナジードリンク売場にしか見えない孔雀頭ですら、神々しい何かに見えた。

雲間から差し込む日の光に引っ張り上げられ、犬飼は高く舞い上がった。バーを撫でるように跳び越えた瞬間、時間が止まる。この光景を見ている全員が息を止め、地球の自転までが止まった。

ゆっくりゆっくり、犬飼の手がポールから離れていく。ユニフォームの胸がかすかにバーを揺らしたが——揺らしただけだった。

翠の左右で御子柴と和泉が同時に叫んで立ち上がった。その声はあっという間に客席中に広がった。

その中を、犬飼はたった一人、マットに落ちていった。彼を見送ったポールが、マットの横に寂しく転がる。

それを見て、無性に悔しくなった。

今日、犬飼が使っていたポールは海外メーカーのものだった。彼が高校生の頃から使っているお馴染みのものだ。この会場にいる多くの選手が、同じものを使っていた。

三月の日本選手権・室内も、今日の跳躍も、犬飼は一度も王様ポールを使わなかった。練習では何度か使ってくれたけれど、勝負と記録に挑む大事な舞台で使うほどの信用を、王様ポールはまだ獲得していない。

長年愛用してきたメーカーから易々と乗り換えてもらえるほど、甘くはない。わかっているのに、この瞬間に王様ポールが立ち会ってほしかったと思ってしまう。

悔しいなあ。呟きそうになるのをぐっと堪えて、和泉におめでとうございますと言った。「やってくれました！」と笑う和泉の目が涙で潤んでいた。客席の最前列で、橋本が「よくやった！」と叫んでいる。

「まだですよ」

関係者もそうでない人も参加標準記録突破を喜ぶ中、御子柴が淡々とそう告げた。

マットを下りた犬飼は、係員に声をかける。バーの高さが上げられた。

電光掲示板に表示された高さに、再び客席はどよめいた。翠も和泉も言葉を失った。こうなることがわかっていたのかいなかったのか、橋本だけが「おおー、やるじゃん！」と声を上げて笑った。

バーの高さは、５ｍ84。

日本記録より、１㎝高い。

3

「いーなー、俺も現地観戦したかったなあ」

グラウンドの片隅で綿貫がそう嘆くのは、今日だけで一体何度目か。日本選手権から数週間、会うたびに彼はこうやって嘆いている。

「しょうがないでしょう。綿貫さん、別件で東京から離れられなかったんだから」

練習日のルーティンとなったボックスジャンプを繰り返しながら、陸は答えた。三つの昇降台の間をジャンプで往復しながら、ひたすら体に跳躍の感覚を染み込ませる。棒高跳に慣れた今となっては、むしろ〈忘れないため〉の基礎練習になっていた。

「ていうか、会議中だろうと何だろうとライブ配信でずっと観てたんでしょう？」

「観てたよ。犬飼優正が毒茸《どくきのこ》みたいな髪で現れたから、チャット欄が大荒れだったのも見てた。いやあ、荒れてたねえ。態度が悪いとか生意気だとか」

ジャンプをやめ、陸は短距離ブロックの選手と一緒に練習をする毒茸頭……犬飼を見た。

探さなくても、あの髪色は嫌でも目に入る。

日本選手権で優勝し参加標準記録を突破した犬飼は、晴れてパリオリンピック日本代表に内定した。ニュース番組なのかドキュメンタリー番組なのか、他局のカメラが今日も撮影に入っている。

ただ、年始に犬飼を主人公に感動的なドキュメンタリーを放送していた番組のカメラは、日本選手権以来見かけない。

「でも、ああいうヒールな感じの方が、彼には合ってるんだと思いますよ」

あの日、ヤンマースタジアム長居で5m82をクリアした犬飼は、日本新記録5m84に挑んだ。雨は上がり、スタジアムには甘酸っぱく涼しい風が吹いた。

犬飼は三度、日本人が誰も跳んだことのない高さにチャレンジし、三度敗れた。

優勝インタビューで、インタビュアーは「コンディションが悪い中、素晴らしい跳躍でした」と犬飼を称えた。

だが、彼は月桂樹《げっけいじゅ》の王冠を被ったまま、相変わらず顰めっ面でいた。

「天候は言い訳にできませんよ。デュプランティスが雨の中で跳んだ記録より、僕が室内で跳んだ記録の方がヘボいんですから。ただ僕が弱いだけです。僕なんかが日本一になっちゃう日本の棒高跳が、弱いだけです。皆さん、僕が日本新を出せなかったことなんてころっと忘れてるし、覚えてても『よくチャレンジした〜感動した〜』って呑気に考えてるんでしょうけど、僕がオリンピックに出たって予選敗退ですからね。勝手に感動して勝手に夢見ないでくれって話です。夢を見るより現実を見るべきですよ」

華やかなはずの優勝インタビューは地獄のような雰囲気に変わり、立て直そうとしたインタビュアーが「パリオリンピックに向けての抱負をお聞かせください」と質問したが、あまり効果はなかった。

「そうですね、僕の生い立ちとかビジュアルなんてどうでもいいんで、僕を知らない世界中の人に、何者でもない僕の跳躍を見せたいと思います。国際大会という大舞台では僕なんて味噌っかすみたいなものですから、気持ちよく競技できると思います。生みの親も育ての親もファンもどうでもいいですよ。僕は僕のためにパリで跳びます」

日本の皆さんに元気を与えられるように頑張ります、応援よろしくお願いします——そんなテンプレートな言葉は一切口にせず、犬飼はインタビューブースから去っていった。

静まりかえった会場で、和泉が立ち上がって拍手していた。拍手だけじゃ足りなかったのか、脱いだレインコートを日の丸でも掲げるみたいに振り回していた。

日本選手権直後に配信されたニュースでは「雨の中の戦いで摑んだパリ五輪」とか「ピンク髪で心機一転、パリへの切符」などという好意的な見出しが躍ったが、優勝インタビューが動画配信サイトに載ると、コメント欄は荒れに荒れた。

ずっと犬飼のファンだった人なのか、テレビ番組でちょっと知っただけの人なのか、はたまた今回の騒動で初めて知った人なのか、「親やファンに感謝の気持ちはないのか」「スポーツより先に口の利き方を覚えるべきだ」「テレビがちやほやしたからこんな生意気になったんだ」「どうせ金メダルなんて取れないくせに」なんてコメントであふれ返るさまを、恐ろしいことに帰りの新幹線の中で犬飼は腹を抱えて笑いながら見ていた。

「笑っちゃいますねえ、昨日まで俺を悲劇の主人公として泣きながら応援してたくせに」

彼が笑いながらそう呟くのを、陸は斜め後ろの席で駅弁を食べながら聞いていた。

陸連と慶安大学の偉い人から犬飼に厳重注意がされたという噂も聞いたが、今日も犬飼はオリンピックに向けた調整に励んでいた。来週には、開会式に先駆けてパリへ向かう。

「来週は、いよいよお前の番だなあ、御子柴よ」

ボックスジャンプを終えた陸に、綿貫が笑いかけてくる。にやりと音が聞こえてきそうな、見事なくらい不敵な笑みだった。

陸がエントリーした東京マスターズ競技会が開催されるのは、パリオリンピックの開会式の十日前。その週の日曜、アスチャレはオリンピック特番を予定している。

犬飼がパリへ旅立ち、陸がマスターズの日本記録を更新。そしてパリオリンピック開幕。そんな青写真を描いているのだろう。

「頑張りますよ、やれるだけね」

昇降台を片付け、駆け足で跳躍練習に向かう。調子は悪くなかった。狐塚から半ば奪うようにもらい受けた4ｍ90のポールはすっかり馴染んだし、かつて自己ベストだった5ｍはいつの間にか楽々クリアできる高さになっていた。

それでも、犬飼と勝負して跳んだ5ｍ20はあれ以来一度もクリアできていない。5ｍ30なんて尚のことだ。

怪我をしているわけでも、調子が悪いわけでもない。でも跳べない。犬飼に比べたら程度が低いのは重々承知しているが、彼の苛立ちがよくわかった。

「御子柴よ」

地面に転がしたポールに手を伸ばした陸に、綿貫の声が飛んでくる。

「犬飼優正は髪をあんなとんでもねえ色にしたけど、お前はどうしたらあと一歩高く跳べると思う？」

「精神論的なやつですか」

十代、まだ体操や陸上に取り組んでいた頃、それが一番嫌いだった。嫌いだったのにどうして、犬飼にあんなアドバイスをしたのだろうか。

「何もかも整ったら、最後はそれしかないだろ。他人から押しつけられる精神論と、自分を奮い立たせる精神論は別だ。俺はお前からのインスピレーションを楽しみにしてるぞ」

「そう言われたって、ねえ」

結局俺は、そういう世界に馴染めず逃げ出した側の人間なんですよ。さすがにネガティブすぎて、綿貫には言えなかった。

跳躍練習をする部員に交じり、手始めに一本跳んだ。楽々と５ｍ10はクリアした。調子は悪くない。でも、５ｍ20になると、跳躍中に何かに引き摺《ず》り下ろされる感覚がある。そのわずかな違和感が、たった10㎝の上昇を妨げる。

短距離ブロックでの練習後にマスコミにコメントでも求められていたのだろうか。犬飼は不機嫌そうに跳躍練習にやって来た。

「何度見てもすごい色だなあ、それ」

ポールをひょいと拾い上げた犬飼に、思わずそう言ってしまった。

「めちゃくちゃ評判悪いですよ。学長にも黒染めしろって言われました。これじゃあホームページや大学案内のパンフレットに載せられないって。知るかよって話ですよね」

笑いながらも犬飼は舌打ちをした。彼の性根《しょうね》を知らない人々は、これを〈悪ぶっている〉と見るのかもしれない。

「髪の毛の色が変わっただけなのにこうもくるくる掌を返されるんですから、ホント、逆にすっきりしましたよ。こんな連中に応援されても何の力にもなんねえよって話です」

「髪の毛の色だけじゃないとは思うけどな」

ささやかなツッコミは無視された。一度も染めたことのない髪に触れ、陸は肩を竦めた。

「俺も染めようかな。谷垣に美容院紹介してもらって」

「御子柴さんがそんなことしたって意味ないっすよ。馬鹿の一つ覚えみたいにカツ丼でも食えばいいんじゃないですか？」

「あんな糖質と脂質の塊みたいなもん食えるか」

「じゃあもう勝手に頑張ってください」

バッサリと切り捨てて、それ以上は何も言わない。まともなアドバイスもない。日本代表に内定しても、彼からの扱いは何も変わらなかった。

ポールを手に、犬飼が助走路に向かう。その姿をぼんやり眺めていたら名前を呼ばれた。

「ちょっと立ち聞きをしてしまったんですが」

恐縮した様子で、狐塚が話しかけてくる。東京マスターズ競技会が近づいていることもあって、最近は午後の授業が終わると必ず練習に顔を出してくれた。

「立ち聞きとは」

「馬鹿の一つ覚えみたいにカツ丼でも食えば？　のあたりから」

ふふっと笑った彼女に「大丈夫ですよ、食べませんよ」と笑い返したら、何故か首を横に振られる。

「むしろ、本当に食べた方がいいかもしれないですよ、カツ丼」

首を捻った陸に、狐塚は再び微笑んだ。半分呆れているようにも見えた。

「大事な大会の前くらい、栄養摂取のためだけじゃなくて、気合いを入れるための食事をしたらどうですか？　御子柴さんはもう、必要なものを自分で選んで食べられるし、摂生だってできるんだし」

「ああ……なるほど」

最早、それくらいしか手がないのだろうか。あとたった10cmを跳び越えるだけなのに、そんな根拠のない精神論に頼るしかないというのか。

三日後、犬飼は日本代表選手団と共にパリに旅立った。オリンピックのカウントダウンに国内は浮き立ち、東京でマスターズの競技会があるなんて、関係者以外は誰も知らない。

犬飼のいなくなった慶安大グラウンドで、陸は黙々と跳び続けた。

*

その日のスタジオ収録後、アスチャレ芸人や番組スタッフ達から「日本新出してこいよ！」と激励された。バブルガム沢渡に「終わったらいったん羽目外して酒でも飲もうぜ」と肩を叩かれて、ああ、明日が本番なんだと実感が湧いた。

今日はとにかく休む。酒なんてもってのほかだし、生ものは絶対に食べない。ジムにも行かず、早く帰って、風呂にゆっくり浸《つ》かって、早めに寝る。

確かにそう決めていたのに、陸は新宿駅で乗り換えず、東口から外に出た。足が自然と向いた場所は、新宿で一番大きいと言われる二十四時間営業の居酒屋チェーン店だった。

まだ午後四時過ぎなので、何百席とある店内は閑散としていた。店員の数も少なく、店の入り口で待っていると、奥から「いらっしゃいませー！」と一人の男が走ってくる。富永だった。居酒屋のユニフォームが私服より体に馴染んでしまった、かつての相方。胸には「店長」と書かれたネームプレートがあった。

ああ、どうやら俺は今日、ついてるらしい。この運は明日まで続くだろうか。

「え、どうしたん」

目を瞠った富永に、陸はおずおずと人差し指を立てた。

「一人、入れますか」

富永が頷くまで、かなりの時間が必要だった。「お、おう」と声を絞り出し、陸をカウンター席に通してくれた。

客は少なくても、裏は夜に備えて忙しいのだろう。富永はおしぼりを置くと、すぐさま奥へ引っ込んでしまった。遠くで「富永さーん」と呼ぶ声が何度も聞こえ、彼がテキパキと指示を出しているのがわかった。

注文はタブレット端末からだった。慣れっこのはずなのに、妙に味気なく感じてしまう。

大事な大会の前に、気合いを入れるための食事をしたらどうか。狐塚に言われたことを思い出し、フードメニューを漁《あさ》る。五時までのランチメニューに鶏もも肉を使ったチキンステーキ定食があったから、それと烏龍茶を頼んだ。ご飯は大盛りにした。五穀米でも低糖質米でもなく、白いご飯の大盛りだ。

いつも鶏胸肉ばかりだった。皮付きのもも肉なんて、一体いつ以来だろう。久々に食べる鶏皮の脂は、胃袋にガツンと来そうだ。

スマホを弄ることもなくカウンター席の木目を眺めていたら、注文品はすぐに届いた。

「お待たせしました」

富永が神妙な顔で四角いお盆を陸の前に置く。皿に載ったチキンステーキを見て、陸は思わず「え?」とこぼした。

メニューでは鶏もも肉だったはずのチキンステーキは、胸肉になっていた。甘辛ソースは粗挽《び》きコショウとポン酢になり、ご飯の代わりにサラダボウルに茹でブロッコリーが山盛りになっている。

「ごめん」

富永が耳打ちしてくる。

「アスチャレで見たけど、もうすぐアレだろ? 大事な大会なんだろ? 鶏もも肉にご飯なんて食べちゃ駄目だろって思って、こっそり焼き鳥用の胸肉と、サラダ用のブロッコリーに変えた。お前、変なヤケでも起こしてるんじゃないかと思って」

音もなく、氷がぎっしり入った烏龍茶が定食の横に置かれる。

「せっかく練習したんだから、無駄になるようなことすんなよ」

——頑張れ。

陸の肩をポンと叩いて、富永は小走りに厨房《ちゅうぼう》へ向かう。その背中に礼を言おうと思ったのに、言葉にならなかった。

違うんだよ、大会前にガッツリ食って、気合い入れようと思っただけだよ。狐塚先生にそうした方がいいってアドバイスされたんだよ。せっかくだからこの店でと思ったんだよ。

ブロッコリーは茹でて軽く塩を振っただけで青臭く、鶏胸肉は若干パサついていた。美味いか美味くないかと聞かれたら、美味くない。

でも、充分だった。

定食を平らげ、烏龍茶を飲み干して、アルバイトらしき若い店員に会計をしてもらって、店を出た。五時ちょうどの空はまだ明るい。先日梅雨明けが発表され、新宿のビル群の向こうに重たい入道雲がたたずんでいる。

近くの自販機でスポーツドリンクを買って、新宿から阿佐ケ谷まで走って帰った。自宅の狭いユニットバスでシャワーを浴びて、入念にストレッチをして、十時には寝た。

翌朝、午前四時に目が覚めた。部屋に鳴り響くスマホのアラームを止めると、メッセージが一通届いていた。

パリで選手村に入ったはずの犬飼からだった。

〈御子柴さんって、ポールが揺れるのを恐れて力いっぱい握りすぎなんですよ。右手で軽く握って、左手は支えるだけです。握力と腕力でポールを曲げたり立たせたりするんじゃなくて、地球の物理法則に従うんです。あとは自然に立ちます〉

パリはどんな雰囲気だとか、選手村はどんな感じだとか、そんな報告は一切ない。写真の類もない。業務連絡のようなアドバイスが、淡々と書いてあるだけだった。

「いや……応援の一言もないのかよ」

今日はついに東京マスターズ陸上競技選手権大会、本番だ。

*

江東区夢《ゆめ》の島《しま》競技場は、風にのって磯の香りがした。ただの海の匂いではない、東京湾独特のちょっと曇った潮の香りだ。海が近く周囲を巨大なビルに囲まれているわけでもないから、空が普段より低く感じる。

今日の最高気温は三十二度の予報だったか。梅雨が明けただけあって空も真っ青、フィールドの芝も、赤いタータンも色鮮やかで眩しい。

待機所の側の鉄柵に硬さの異なるポールを立てかける。長さはすべて４ｍ90で、硬さの違うものが合計四本。すべて狐塚が陸の希望と跳躍練習のデータを基に作ってくれた。

「王様ポール、なかなかいいですよ」

背後から気さくに話しかけられ、すぐに漆原翔だとわかった。顔を合わせるのは去年の東日本マスターズ競技会以来なのに。

陸と同じ４ｍ90の王様ポールを抱えた漆原は、相変わらず陽気に跳ね回る茶髪のパーマ頭だった。

「使い慣れてるのはもちろん既存のメーカー品ですけど、作り手にちょっとした希望や相談を気軽に日本語でできるって、こんなにいいもんなんだなと思いました」

陸の隣にわざわざポールを立てて荷物を置いた漆原は、相槌も打っていないのにぺらぺらと話し続ける。

「僕ら日本の棒高跳選手は、販売サイトに並ぶ海外メーカーのポールを選んで買うって行為に慣れてしまっていて、自分に合ってないポールでも、買ってしまった以上仕方なく使うことを当たり前にしてきました。そりゃあ、アメリカやヨーロッパの選手は有利だってつくづく思いましたよ。竹で跳んでた頃の日本人選手が強かった理由もよくわかります」

悠々とストレッチを始めた漆原が、にやりとこちらに笑いかける。自分達の姿を後藤がカメラに収めていることをしっかりわかっている顔だ。

「今日も、M30クラスは俺と漆原さんだけですね」

棒高跳の出場選手は六人。陸と漆原以外は全員五十歳オーバーだった。

「僕ら以外は皆さん大ベテランですからね。御子柴さん、今日は何メートルから跳びますか？　どうせ僕らが跳ぶ頃には、誰も残ってないでしょう」

「じゃあ、4m60でどうですか」

犬飼と勝負をしたときは4m80からスタートしたが、まずはポールの感触を確かめたい。

「おー、いいじゃないですか。アスチャレの鳥人王コーナーもずっと見てますけど、御子柴さん、めきめき記録伸ばしてますもんね」

相手に不足なし。白い歯を見せる漆原の笑顔には、はっきりそう書いてあった。

東日本と同様、棒高跳は午前十時にスタートした。トラック競技や投擲競技も同時進行される中、五十代、六十代の選手が続々と跳んでいく。パスを繰り返し、陸と漆原は入念にストレッチをした。

M60の選手が1m60に挑む。手足こそ細いがよく日に焼けていて、助走は力強かった。ポールに弄ばれるように若干突っ込み動作が乱れたが、それでもギリギリで1m60をクリアする。周囲の参加者、係員、側のスタンド席から疎らな拍手が湧いた。

芝の上で大きく開脚をしながら、陸はスタンドを見上げた。綿貫と谷垣が身を乗り出すようにしてフィールドを眺め、やや後ろで狐塚と和泉が棒高跳の様子を見つめている。和泉は陸上競技の開催に合わせ、今月末に家族でパリに向かうのだという。

M50クラスの男性が2m20の自己ベストに挑んだものの三回失敗し、ついに陸と漆原以外は参加者がいなくなった。係員に何メートルから跳ぶかと聞かれ、二人揃って「4m60で」と答えた。側でダウンをしていた参加者達から「おお～お兄さん達、行くねえ」と声が飛んでくる。

バーが2m20から一気に4m60に上がる。気温はぼちぼち三十度近くまで上がってきただろうか。じんわりと汗が滲んだ額を拭って、陸は助走路に立った。

陸と漆原、一対一の跳躍は年齢順だ。先に跳ぶ自分が有利なのか不利なのかは、考えないようにした。

出だしから嫌な流れを作りたくない。呼吸を慎重に整えてから、静かに助走する。最初は軟らかめのポールを選んだが、4m60は難なくクリアした。ポールの長さが4m90だから、しっかり突っ込んで上昇さえできればいい。

マットに落下するまでの短い時間の中で、自分の今日のコンディションについて考えた。跳躍は悪くなかった。体も重くない。理由のわからない違和感、ぎこちなさもない。動きが曇るようなメンタル不調も感じられない。

うん、大丈夫。俺は今日、調子がいい……かどうかはわからないが、少なくとも不調ではない。どすん、とマットに背中から着地して、陸は確信した。

5m30まで、あと70㎝。1mに満たない長い戦いだ。


漆原も当然のように4m60を跳び、陸は5mまでパスを使った。漆原も同様だった。

「僕の勝手な予感ですけど、今日は試技数が重要になってくる気がするんですよ」

係員がバーの高さを上げる間も、漆原は陸の隣でずっと喋っている。前回もそうだったから、彼はこうすることで競技中の自分のテンションを高い状態に保っているのだろう。

「優勝者を決める上で、ってことですか？　それとも、日本記録を目指す上で？」

続けて問いかけると、漆原はするりと音が聞こえそうなくらい素早く表情を引き締めた。口元は笑っている。でも目の奥が真夏の川底みたいにぎらついて、大きくうねる。

「僕はいつだって、日本記録を更新するつもりで競技会に来てますよ。前回の東日本のときに思ったんですよ。御子柴さんが強くなったら、競り合って競り合って、きっと更新できるに違いないって」

係員が陸の名前を呼んだ。ポールを担ぎ、陸は助走路に向かう。「そうですね、きっとできますよ」と無意識に答えていた。

一気に5mになったバーは、真っ青な夏空に堂々と鎮座していた。4m90と5mは圧倒的に違うと常々思っていたが、この威圧感がその正体なのだろう。細長いポール一本で、一戸建ての二階に飛び移ろうとしているのだから。

気圧されて早足になり出した心臓を、その一言で鎮めた。そうだ、この高さは練習で何度も跳んでいる。

「……何度も跳んでる」

練習でやってきたことの半分も発揮できないのが本番だと、アスチャレで何度も経験してきた。その経験が、踏み切り板のように自分の跳躍を大きくしてくれるはずだ。

助走路に飛び出した瞬間、歩幅がいつもより大きいとすぐにわかった。陸の助走は十八歩。十八歩ぴったりで助走をまとめないと、跳躍は絶対に上手くいかない。

二歩目の歩幅を狭くした。狭くしすぎた気がして、三歩目がまた大きくなる。ガチャガチャと落ち着きのない助走は、イライラして、推進力が生まれない。

舌打ちを堪えながらボックスにポールを突っ込み、踏み切った。助走が今ひとつだった割に、スイングはスムーズだった。

でも、上昇にパワーがない。ポールを垂直に立たせるところまでは持っていけたから、体を捻って無理矢理バーを越えた。脇腹のあたりがバーを擦ったが、落ちはしなかった。

カタカタと上下に揺れたバーを睨みつけ、マットを下りた。完全に観戦モードに入った他の参加者から「危なかったね、よくクリアしたよ」と労《ねぎら》われ、ガッツポーズで答えた。

陸と入れ替わる形で、漆原が助走をスタートする。三歩目までが完璧に美しかった。これは見なくてもわかる。背後からボックスにポールが差し込まれる澄んだ金属音が響き、数瞬置いて、マットに着地する音が聞こえた。

やばい。この試合、ちょっとしたミスで負ける。

バーは5m10に上がった。助走路に立つと、この高さをなかなか跳べなかった頃の自分の姿ばかりが浮かんでしまう。跳べない頃の助走、突っ込み動作、上昇、抜き……跳べる現実が跳べない過去に塗りつぶされる。

やっぱり、俺も髪をピンクにしておくべきだったか。

そう思いながら駆け出した助走は、意外と悪くなかった。軽やかなのに力強く推進力がある。海の方からちょっと風が吹いてきたが、ポールも体幹もぶれない。

真っ直ぐ真っ直ぐ、銀色に光るボックスに向かっていく。ポールの先端が自然とボックスに吸い込まれる。ぐんと美しく弓なりに曲がったポール。反発が陸の掌と腕を伝い、体の中心に流れ込んでくる。

よし、行け。念じながらスイングした体は、怖いくらい勢いよく上昇した。このまま入道雲まで届くのではと思ったほどだった。

空中で体を翻したら、バーは自分の体のずっと下にあった。あまりの高さに目を瞠った。

ただ、バーは遠かった。

陸の体はバーの向こう側に行けず、バーの真上に落下した。バーを抱くような形でマットに落ちる。

ああ、これは日本選手権で見たやつだ。エネルギーを上昇にばかり使って距離を出せなかった。数秒前に上空で見た景色を思い返し、陸はマットを殴りつけた。

高かった。５ｍ30より遥かに高かった。日本記録より確実に高いところに俺はいた。

「いやあ、高かった」

ポールを手に待機場所に戻った陸に、漆原が笑いかけてくる。

「距離が出てれば日本記録を10㎝更新してましたね」

言い残し、漆原は助走路に立つ。笑顔のまま、５ｍ10を楽々とクリアした。

競技進行を示すボードには、陸の欄に×が一つついた。漆原は失敗試技なし。圧倒的に優位に立たれてしまった。

頬を両手で叩いて、上下に揉んだ。凝り固まった表情筋をほぐし、大きく瞬きをする。

鉄柵に立てかけられた四本の王様ポールに歩み寄り、一段階硬いものに替えた。触っただけではわからないはずなのに、掌にチリリとした熱が走る。

棒高跳のバーは前後に80㎝移動でき、選手は跳躍の形に合わせて距離を指定することができる。先ほどはバーが遠すぎたが、果たしてバーの位置を変えるべきか。

助走路の手前で考え込んでいたら、視界の端にカメラが見えた。後藤だった。後藤さん、何してるの。問いかけそうになって、アスチャレのロケなのだと思い出した。

我に返った陸に、後藤がカメラ越しに怪訝《けげん》な顔をした。ごめん、ごめん、と手で合図して、助走路に立つ。

そうだ、これはテレビだ。やるだけやって、それを視聴者に見せる。それが俺の仕事だ。客席から視線を感じる。綿貫の視線だけが熱っぽい辛みを伴っていた。インスピレーションを与えてみせろ。果たして俺は今、それを実践できているのか。

4m90のポールを、ゆっくり持ち上げる。緩やかにたわんだポールをぐっと握り締め、陸は走り出した。

一歩、二歩、三歩……いい助走だった。ボックスが「こちらだ」とばかりに白く光った。音が聞こえそうな鋭い突っ込みからの、スイングと上昇。おお、という感嘆の声が聞こえて、跳躍成功を確信した。

バーは澄まし顔で支柱の上にいた。マットに着地した陸が立ち上がっても、微動だにせずそこにいた。

これで、陸の5m10の試技は「×〇」だ。

「御子柴さんの自己ベストは5m10ですから、ここからは未知の領域ですか？」

徐々に疲労の蓄積してきた手足をマッサージしながら、漆原が聞いてくる。同じように膨ら脛にマッサージを施しながら、陸は「違いますよ」と言いかけて口を噤《つぐ》んだ。

陸が5m20を跳んだことを知っているのは、犬飼だけだ。漆原を含め、視聴者は陸の自己ベストを5m10だと思っている。

「……そうですね。何度か挑んだことはありますけど」

歯切れ悪い返答にも、漆原は不審な顔一つしなかった。

「5m20は難しいですよね。5m10と10㎝しか違わないのに、5m30が射程に入るだけでこんなにも違う」

漆原の視線の先には5m20に設定されたバーがある。そういえば、去年の東日本マスターズでの彼の優勝記録は5m10だった。その後5m20に挑み、三度失敗した。

「お先にどうぞ」

漆原に促され、陸は助走路に向かった。ポールは先ほどと同じもので行くことにした。つくづく跳躍とは厄介な種目だ。クリアすべきハードルはどんどん高くなるのに、疲労は蓄積していく。目指した記録に挑む頃には疲労困憊《こんぱい》している。

5m20のバーを見上げ、深呼吸を繰り返す。呼吸の合間に体に問いかけた。一度跳べたんだから今日も跳べますよね？　行けますよね？　遠慮がちな問いかけには返事がない。

あーもう、わかったよ。跳べるよ。跳べるんだよな。胸の奥で吐き捨て、陸は走り出した。目の奥にぐっと力を込め、犬飼と勝負した日の慶安大のグラウンドを思い浮かべた。

そのときの助走の推進力、ポールの反発、軽やかな上昇。すべてを思い浮かべる。

あの日も今日のように晴れていた。最後にそんなことを思い出して、ポールをボックスに突っ込んだ。

いつも通りの跳躍だった。普段の練習となんら変わらない、特別な高揚感も、特別な「これは行ける」という感覚もない、いつも通りの跳躍。

気がついたらマットの上にいて、視界を空が覆っていた。青空の一片を、バーが貫いている。側で係員が「おおーすごい！」と拍手していた。客席からも拍手と歓声が聞こえた。

競技進行を示すボードを見る。陸の５ｍ20の欄には、確かに◯が書き足された。

「酷いなあ、御子柴さん。５ｍ20、跳べるじゃないですか」

ポールを手に待機所に戻ると、漆原も拍手していた。拍手しているし、確かに笑顔なのに、目が笑っていない。

「今の、初めて５ｍ20を跳べた人の顔じゃなかったですよ。跳べてるのに、わざとアスチャレで流さなかったんですか？」

「違いますよ。カメラが回ってなかったんです」

「えええっ、そんなことあります？」

面白いなあ、と肩を揺らして笑うのに、やはり目が笑っていない。

「面白くなってきたなあ」

助走路に向かった漆原は、しばらくその場から動かなかった。王様ポールを抱え、何か念じるように頬を寄せた。

ポールを構えてからは早かった。陸より二歩少ない十六歩の助走を完璧にこなし、鳥が湖面から空に羽ばたくみたいに美しく跳躍してみせる。

会場から拍手が湧いた。スタンドの人影が増えていた。別の競技が目当てだった観客達も、日本記録が出るかもしれないと見物にやって来たらしい。

「久々に跳びましたよぉ、５ｍ20」

笑顔でマットを下りた漆原は、他の参加者からの拍手に笑顔で応えながら、陸のもとにやって来る。

「御子柴さん、僕はねえ、今とても興奮してますよ」

肩を叩かれる。漆原の目は煮立った鍋のようだった。これ以上コンロにかけ続けたら吹きこぼれてしまう。そのギリギリをあえて保っている。熱い湯気に頬を撫でられた。

「どうしたって、年を取るほどに体は衰えていくでしょう？　自分が出した記録がどんどん遠ざかっていくんですよ。やり込めばやり込むほど、何かを失いながら生きていくしかないんだと思ってました」

肩に置かれた漆原の手に力がこもる。

「だから僕は今、とても興奮しています。一度遠ざかった日本記録を、御子柴さんが引き連れてきた感じです。こんなことが起こるなんて、スポーツは本当に面白いですね」

勝つのは僕ですよ。低い声でそう宣言した漆原が離れていく。係員がバーの高さを5m30に上げた。その横顔が、先ほどより強ばっている。見物していた参加者が姿勢を正した。これから日本記録が見られるかもしれない。そんな空気が膨れあがっていく。

水分を取り、充分にストレッチとマッサージをし、陸は自分のポールの前に立った。より硬いポールを選ぶかどうか迷って、現状維持を決める。

汗でぬめるポールをタオルでしっかりと拭き、陸は助走路に立った。

高《たけ》えなあ、おい。5m30のバーを見つめ、声に出しそうになる。犬飼にとってはコンディションを確かめるためにお試しで跳ぶような高さが、自分にとってはこんなにも高い。

膝の裏が強ばっている。これは緊張だ。体が「跳べないかも」と怖《お》じ気づいている。

「無理もないよなあ……」

膝をさすりながら、陸は溜め息交じりに笑う。先月の日本選手権だって、5m30で脱落する選手が多かった。日本一決定戦に出場できるアスリートでさえそうなのだから、素人の自分が恐怖するのは当然だ。

漆原に摑まれた肩にまだ熱が残っている。

陸の自己ベストは世間的には5m10だから、5m30の日本記録を持つ彼は御子柴陸を舐めてかかるかもしれないと思っていた。しょせんは自己ベスト5m10の芸人だと。

でも、漆原は舐めなかった。むしろ自分に迫る人間の登場に滾っていた。そうか、これがマスターズの日本記録保持者か。スポーツを生業《なりわい》にしていないだけのアスリートか。たとえ求める記録が、犬飼が目指す5m84の遥か下でも。

熱っぽい肩を払って、ポールを構えた。

一度も跳んだことのないマスターズM30クラスの日本記録、5m30。高い。とても高い。5m20と拳一つ分程度しか違わないのに、ポールを持った手が威圧感に震えそうになる。

およそ一年前、この企画を持ちかけてきた綿貫の顔を思い出す。どんな企画だって受け入れる。黙々と練習し、求められた結果を出すために努力する。それがアスチャレにおける御子柴陸の立ち位置で、求められるキャラだった。

だから、淡々とそれに応えてきた。応えられなくなったら番組を、この世界を去るときだと思っていた。

それでも「棒高跳をやれ」と言ってきた彼に、不思議と感謝してしまう。こんなにも面白く、体が勝手にわくわくしてしまう競技に、俺を放り込んでくれてありがとう、と。

緩やかに、でも力強く助走を開始した。三歩でスピードに乗り、陸の体は加速する。風はない。ポールが揺れてバランスを乱すこともない。矢のように助走路を駆け抜け、突っ込み動作に入った。

ぐにゃりと曲がったポールからの反発が気持ちいい。自分の体内でエネルギーが変換され、渦を作る。渦が陸を重力から解放し、遥か上空５ｍ30へと連れていく。

空と入道雲が近づいてくる。視界が空で満たされ、聞こえていたはずの周囲の音が掻き消される。

すらりと伸びきったポールと、真っ直ぐ伸びた自分の腕がつながって、一つの巨大な生き物になる。そのつながりを断ち切るように体を翻し、抜きの動作に入った。

最後の一押しで、日本記録を跳び越える。

――腰に何かが当たった。くそっ！　と叫びそうになった。落ちるな、落ちるな。どれだけ願っても、バーは陸と一緒に重力に搦《から》め捕られて、マットに落ちていった。

どすんと重たく湿った音が背中に響き、陸の体の上でバーが転がる。残念でした、と笑われた気分だった。

「マジかよ」

頭上に広がる青空が眩しかった。両手で顔を覆って「マジかよ」と繰り返す。

「あれで跳べねえのかよ」

何のミスもなかった。力みもせず、助走が乱れることもなく……そこまで考えて、やめた。完璧に跳んでも跳べない。それが日本記録だと、今頃パリにいるあいつも言っていた。

係員や他の参加者に「惜しかったねえ」と労われながら、マットを下りる。漆原はすでに助走路の先にいた。

陸に話しかけることもなくただ静かに静かにポールを構え、長い沈黙の末、走り出す。瞬きもせず、陸はその様を睨みつけていた。

ぶれのない滑らかな助走からの突っ込み、下半身にバネでも仕込んだような躍動感のある上昇——全く、どうしてこれで一般人なんだ。日本選手権で犬飼とやり合っていた選手達と遜色ないじゃないか。

鮮やかに身を翻した漆原の体が、確かにバーの上を通過する。あと少しというところで肩口が引っかかり、バーは落ちた。「行けたと思ったんだけどな〜」と笑った彼の顔は夜叉《や》叉《しゃ》のようだった。

陸も漆原も、一本目の跳躍には×がついた。失敗数は陸の方が一本多いから、依然としてこちらが不利なままだ。

左の膨ら脛が硬くなったままほぐれない。冷却スプレーをかけてマッサージし、ストレッチもしてみたが、状態は変わらなかった。

左足だけではなく、四肢すべてが重たい。足を引き摺るような思いで助走路に向かい、とにかく深呼吸を繰り返した。

試技数はあと二本残っているが、これはいよいよ限界が近づいている。もしかしたら跳躍はこれが最後かもしれない。

漆原とやり合い、日本記録に挑戦するところまで来た。仮にこれを跳べなかったとしても撮れ高は充分だ。パリオリンピック開幕を祝うに相応しい番組は作れるはずだ。

――だったらもう、余計なもんを下ろしても許されるだろ。

そんな声がどこかから聞こえて、陸は足を止めた。あたりを見回しても声の主はいない。似たようなことを、陸は犬飼に言った。彼は余計なものを下ろして、踏み潰して、パリへ旅立った。なら、俺に一体何を下ろせというのか。綿貫が言った「お前はどうしたらあと一歩高く跳べると思う？」の答えはどこにある。

左足が小さく痙攣《けいれん》した。やばい、これが本当に最後かもしれない。ポールを持つ掌の中心で、ピリッと火花が散った。

その感覚に覚えがあって、陸は踵《きびす》を返した。鉄柵に立てかけられた自分のポールの中から、迷うことなく一番硬いものを選んだ。

助走路に立って、ポールを構えた。練習で何度か使ったが、扱い切れているかどうか微妙なところだった。少なくとも、このポールで５ｍ10以上は跳べたことがない。

でも恐らくこれが最後なのだ。なら、一番硬いポール――〈もしかしたら〉の可能性が大きいもので跳んで終わろう。

風が吹いた。緩やかな追い風だった。かすかに潮の香りがする。

夢の島競技場は空が近い。４ｍ90の王様ポールの先端が、よく晴れた青空を指さしている。日本選手権で、犬飼はこんなふうに雲間から覗く青空を見たのか。

追い風が一際強まり、陸はポールを強く握り締めた。その瞬間、思い出した。

今朝、犬飼から応援でも励ましでもない、ただのアドバイスが来ていたことを。

ポールを力いっぱい握るな。右手で軽く握って、左手は添えるだけ。握力と腕力でポールを曲げるな。地球の物理法則に従え。

あとは、自然に立つ。

「もっと早く言えよ……」

忘れていたのはこっちなのだが、堪らず毒づいた。せめて「頑張れ」の一言でもあれば、アドバイスも大事に大事に胸に刻んだだろうに。大体彼は、今日が競技会だということを覚えてすらいないだろう。

あんな奴、オリンピックでレインボー毒茸頭を他国の選手に笑われればいい。6m台を当たり前に跳ぶメダリスト達にぼこぼこにされて――日本記録を更新して、顰めっ面で帰ってこい。日本記録を更新してもメダルは無理なんだなと、俺が一番に笑ってやる。

深呼吸して体から力を抜いた。ポールは右手で軽く握り、左手は添えるだけ。

追い風に背中を押され、駆け出した。一歩目で強く踏み出し、二歩目、三歩目で加速し、その加速を翼に助走路を駆け抜ける。ポールの不安定さにおののきそうになる。それでも犬飼の言葉を忠実に守った。

助走は十八歩でまとまった。ボックスに差し込まれたポールの先端は、鳥のような凜とした響きの声を上げた。ポールの中心を熱が伝う。チリチリに燃える反発エネルギーに陸の腕は悲鳴を上げた。助走で得た推進力だけでは足りず、喉の奥で唸り声を上げる。

王様ポールだなんて高尚な名のポールに、舐めるなと吐き捨てる。こっちはパセリパーティだぞ。パセリでパーティしてんだぞ。そんなコンビすら、守り切れなかった。

王様ポールは弓なりに曲がった。数学や物理の授業で教師が板書したグラフみたいな、美しい曲線を描いた。王をねじ伏せた達成感を、陸はスイングで蹴り飛ばした。左足の太腿が軋《きし》んだ音を立てて泣いた。熱いひびが陸の体を真っ二つにしようとする。

この程度で壊されて堪るか。どうせ鳥人王が終わったら、別の何かをするんだから。クリケットかペサパッロか知らないが、きっと何かを目指して練習に励む。どうせまた違うスポーツイベントが開催される。社会はどうしようもなくスポーツにあふれている。

自分の体が空へ吸い上げられていく。そのエネルギーを一粒とて取りこぼしたくなかった。青空が近づく。視界が青く染まる。

体を翻した瞬間、ポールから最後の一押しをもらった。時間が止まった。グラウンドの芝、赤いタータン、見上げる人々の顔、彼らが地面に落とす黒い影、すべてが見えた。

芸人をやめるとか、やめてからどうするかとか。何も考えずに跳んだ。棒高跳の選手として、悲劇のオリンピアンの息子として、感動の家族愛のドラマを背負った男として生きる煩わしさを救うのは、結局は棒高跳だったと話した犬飼を、思い出す。

まさか、アスリート芸人としてしか芸能界に居場所のない俺を、スポーツが救うというのか。こんな不安定であやふやで、世間に都合よく振り回されるものに救われて堪るか。

でも。

俺、さっき、鳥人王が終わったらまた別のスポーツをやるって普通に思ってたわ。ははっと笑った瞬間、陸の体はバーの遥か上を通過した。バーに触れることも揺らすこともなく、ゆっくりゆっくりと落ちていく。一度手放した重力に再び身を委ね、元いた世界に帰る。相方のいない、一人ぼっちのアスリート芸人として生きる世界に。

マットの上で意識を失った気がした。ハッと我に返ったら、拍手が聞こえた。それも、特大の。観客だけではない、係員や他の競技の参加者までが、陸に拍手していた。

空を見上げた。そこにはバーがあった。

5m30――日本記録と同じ高さのバーが。

転がり落ちるようにマットを下りた。ポールを拾い上げると、とっくに競技を終えた棒高跳の参加者に握手を求められた。一つ一つに応えながら、そっと助走路を見た。

漆原がいた。誰も彼を見ていない。一人呼吸を整え、係員の合図を待って、静かに走り出す。陸への声援を掻き消すように助走路を走り抜け、跳んだ。

でも、体が上がりきらなかった。漆原も漆原で、疲労状態は陸と変わらないはずだ。枯れ枝が折れるように、バーと一緒に彼はマットに落ちた。

でも、すぐに起き上がった。それも満面の笑みで。係員が進行ボードに×を書き込むのも待たず、再び助走路に走っていく。

一息つく間もなく、彼は「漆原、三本目行きまーす！」と叫んだ。その声はあまりに澄んでいて、力強くて、陸は身震いがした。

その頃には、陸を称えていた人々の視線がすべて漆原に向いていた。

漆原が駆け出す。助走路を蹴る音。荒い呼吸音。かすかに揺れるポールの先端。バーが近づき、ゆっくりポールの先端がボックスに吸い込まれる。

そのとき、漆原のこめかみで汗が光って、金色の粉をまとって見えた。

誰かが悲鳴を上げた。陸の顔に、漆原が落とした黒い影が差した。５ｍ30のバーを揺らすことなく、漆原はガッツポーズをしながらマットに着地した。

「よっしゃあああ！」

すぐさま立ち上がった彼が、バーを指さして叫ぶ。

その指が、陸を向く。

「やりましょう」

陸は叫んだ。漆原が同じくらいの声量で「当然でしょ！」と返してくる。

「５ｍ40、やります」

係員に告げた。全身が重い。両足、両腕、悲鳴を上げている。それでも陸はポールを手に助走路に向かった。

進行ボードの5m30の欄には、陸は「×○」、漆原は「××○」とついている。全体の失敗数は並んでいる。次の5m40で決着がつく。

助走路の手前で後藤がカメラを回していた。後藤さん、こんなところで何してるの。そう問いかけそうになって、陸は笑いなら助走路に立った。

5m40——日本新記録の高さで、バーがたたずんでいる。

4

「いよいよ今夜から始まるねえ」

棒高跳のマットにかかっていた防水シートを剝がし、支柱に渡すバーの高さを調整していた狐塚翠に、そんな呑気な声が飛んでくる。

「仕事は大丈夫なの?」

「もちろん。オリンピックを楽しむためにこの一年俺がどんな努力をしてきたか、翠ちゃんに聞いてほしいよ」

「長くなりそうだから遠慮しとくよ」

バーの高さは2mにした。今日は天気もよく、風もない。その代わり最高気温は三十二度で、側の木々で蟬《せみ》がけたたましく鳴いている。

紅一に用があると連絡したら、彼からも「新しい企画がある」と返事があった。待ち合わせ場所を慶安大のグラウンドにしたのは、間違っていたかもしれない。正直、蟬のせいで紅一の声が聞き取りづらい。

今日は陸上部の練習がないから、グラウンドは無人だった。真っ青なタータンにぎらついた日差しが反射して、思わず顔を顰めてしまう。

「紅一の新しい企画って何？」

「半年にわたって放送した鳥人王の視聴率がよかった。第二弾として、棒高跳を頑張る高校生と一緒に、御子柴と漆原さんがマスターズ日本新を目指す企画を放送したい」

「確かに、この前のアレを見ちゃったら、日本新を見たいって思っちゃうよね」

三日前、日曜の午後八時に放送されたアスチャレは、二時間ずっと鳥人王の特集だった。

パリオリンピックを目指す犬飼優正の日本選手権優勝と、その豹変ぶりの真相に迫ったドキュメンタリーとしても見応え充分だったし、後編の東京マスターズ競技会では、日本記録を巡って御子柴陸と漆原翔の熱戦が繰り広げられた。マスターズ……要するに一般人の大会なのに、まるで国際大会の代表権を競い合うような白熱ぶりだった。

現場でそれを観ていたから、よくわかる。あの戦いは異常だった。いつの間にか棒高跳が観やすいスタンド席に人が増えてきて、観客でぎゅうぎゅうになった。他の競技に参加していた選手までもが、見物のために駆け寄ってきた。

御子柴と漆原が二人揃って日本記録タイを叩き出したときの熱狂と言ったら……紅一が本当にスタンドから飛び降りそうになって、翠は慌てて彼の首根っこを摑んだのだ。

でも、許されるなら彼と一緒にグラウンドに飛び降りてしまいたかった。だって、日本記録を争う二人が手にしていたのは、翠が手塩にかけて作った……いや、育ててきた王様ポールだったから。日本選手権では見られなかった景色を、彼らは見せてくれた。

二人は息つく暇もないまま、５ｍ40の日本新に挑んだ。煽られてもいないのに、観客も参加者も手拍子をして二人を後押しした。

御子柴と漆原はそれぞれ三本ずつ５ｍ40に挑み、見事なまでに敗れた。二人ともボロ雑巾みたいだった。三本目なんて、互いの肩を抱きながら助走路に向かった。「このへんにしといたら？」と気遣う係員を、揃って「やるに決まってんだろ！」と押しのけた。

結局、５ｍ30をより少ない失敗数で跳んだ御子柴が東京マスターズ競技会を制した。鳥人王の企画は終わりなのに、御子柴と漆原は秋の東日本マスターズ競技会で再戦する約束をして別れた。

日曜日の放送は、グラウンドを転がりながら「あとちょっとで日本新だった！」と悔しがる御子柴と漆原、その後行われたリレーで見事Ｍ80クラスの日本記録を叩き出したチーム風林火山を参加者みんなで胴上げするシーンで締めくくられた。

放送直後から、御子柴にはまた日本記録にチャレンジしてほしいという声がＳＮＳにあふれ返っているという。

「次は棒高跳をやる高校生か、いいね」

「向こうの学校から直々に『うちの生徒達にとって、すごくいい刺激になるはずだ』ってラブコールが来てさ。ちなみにその顧問の先生は、王様ポールにも興味津々だった」

「マジ？」

「ぜひとも狐塚先生とお会いして何かしら連携したいと言っている」

うおおお～と両手の拳を握り、踊り出したいのを堪えた。インターハイ優勝者が王様ポールユーザーなんて未来を、勝手に思い描いてしまう。

「じゃあ、御子柴さんは芸人をやめないんだね」

「さあ、どうだろう。『三十五歳になったらマスターズの世界大会に出られるぞ』って言ったら、出る出ないより先に『棒高跳のマスターズ世界記録って何メートルですか』って聞いてきたよ」

競技のあと、紅一が御子柴と何やら話し込んでいたが、そんなことになっていたのか。

「俺の計画としては、御子柴が三十五歳になるまでに鳥人王でバンバン日本新を更新して、満を持して世界大会にチャレンジだな」

「それ、最初から考えてたの？　御子柴さんが芸人をやめないって決めたのも、紅一の目論見《もくろみ》通り？」

「まさか。これが御子柴との最後の仕事かもしれないと覚悟してたよ。俺に新しい企画を作らせたのは、全部あいつの力だ」

シャツの襟元をバサバサと扇《あお》ぎ、紅一は笑った。競技会当日のスタンドでの紅一の熱狂ぶりを思えば、彼は御子柴を主役にあと三十個は新企画を作るだろう。

「私もね、腹が決まったよ」

研究室から運んできた王様ポールを手に取る。2m75の短いポールだ。紅一は「腹とは？」と首を傾げた。

「王様ポールの会社を作ることにしたよ」

「え、翠ちゃん、社長になるの？」

大きく頷いて、ポールを紅一に差し出す。

「研究室で動くには限界があるからね。学内ベンチャーとして始めるけど、行く行くはしっかり独立させるつもりでやる」

その頃には、御子柴が王様ポールで世界大会にチャレンジ――なんてことになっているだろうか。王様ポールで棒高跳を始めた少年少女が、インハイやインカレ、日本選手権に挑んでいるだろうか。日本記録は更新されているだろうか。世界大会での日本の立ち位置は、どうなっているだろうか。

煩わしいことも増えるだろうが、それでもやっと「やろう」という覚悟が決まった。自分はただこの一年、御子柴陸と犬飼優正を側で眺めていただけなのに。

それを〈スポーツの力〉だなんて安っぽく身勝手な言葉でまとめたくはないが、それでも彼らの跳躍が翠に何かを与えたのだ。

「紅一、跳んでみない?」

え? と目を丸くした紅一が、困った様子で王様ポールを見る。「バーは2mにしてある」と支柱を指さすと、彼はさらに眉を寄せた。

「いや、翠ちゃん、俺もう三十八歳になる。何かあったら死ぬ自信がある」

「チーム風林火山を見習いなさい。ちゃんとストレッチして、無理のない高さでやれば大丈夫だよ。跳び方は散々見てきたでしょ?」

怖いのは、わかる。彼の事故を翠は一番近くで見ていたから。王様ポールは決してその贖罪《しょくざい》として作ったわけではないが、きっかけの一つではあった。

蟬がけたたましく鳴く中、紅一はしばらく王様ポールと翠の顔を交互に見ていた。大人になってからは滅多に見せない、途方に暮れた顔で。

それでも、諦めた様子でポールに手を伸ばした。

「何かあったら一生面倒見てよね」

「私の会社の従業員として定年まで扱《こ》き使ってあげるよ」

「嫌だよ、俺は一生テレビマンでいたい。アスチャレを笑点みたいな長寿番組にするんだ」

「じゃあ結婚しようか。うちに婿に来てくれるならいいよ」

「嫌だ。狐塚紅一って、字面が〈赤いきつね〉じゃん。翠ちゃんが俺の苗字《みようじ》になってよ」

「勘弁してよ。綿貫翠だと、私が〈緑のたぬき〉になるでしょ」

ゆっくりストレッチをする紅一と、そんな他愛《たわい》もない話をした。結局、結婚は夫婦別姓がOKになったらしようということになった。

靴が運動向きじゃないからと、紅一は裸足《はだし》で助走路に立った。2m75のポールを構える姿は、意外と様になっていた。

「うわ、怖っ」

苦笑しながらも、彼は駆け出した。すっかり運動から離れた体はポールに弄ばれ、ぎこちなく左右に揺れる。ぺたぺたと可愛《かわい》らしい音を立てながら、紅一はゆっくりボックスにポールの先端を差し込んだ。助走の勢いは完全に死んでいたが、しっかり左足で踏み切る。

ふわりと体が浮き上がった瞬間、彼の頬が引き攣《つ》った。危なっかしい上昇姿勢だった。でも、2mのバーをちゃんと跳び越えた。

そのまま、どすんとマットに背中から着地する。トレードマークの赤い眼鏡が翠の方へ飛んできた。

「どうだった？」

眼鏡を拾い上げ、マットに寝転がった彼の顔にかけてやる。主人に頭を撫でられる子犬のような顔で、彼は頷いた。

「いいね、面白かった！」

そのまま彼は機嫌よく鼻歌を歌った。アスチャレのエンディング曲だった。かと思えば世界陸上のテーマ曲になり、日東テレビのパリオリンピックのテーマ曲になる。

マットに腰掛け、翠はしばらく彼の鼻歌を聴いていた。蟬の鳴き声にも負けない、陽気でご機嫌な鼻歌だった。

パリオリンピックは今日開幕する。棒高跳の予選は、もう少し先だ。

【謝辞】
この小説の執筆にあたり、次の方々に多大なるご協力をいただきました。
この場を借りて、厚くお礼申し上げます。本当にありがとうございました。

■諸田実咲様
（アットホーム株式会社所属／第十九回アジア競技大会　女子棒高跳　銀メダリスト）

■武田理様
（合同会社ポジティブアンドアクティブSports R & D　創業者
執筆時・筑波大学Sports R & Dコア研究員）

初出
「ジャーロ」84号（二〇二二年九月）～87号（二〇二三年三月）

※この作品はフィクションであり、実在する人物・団体などには一切関係がありません。

額賀 澪（ぬかが・みお）

1990年茨城県生まれ。日本大学芸術学部文芸学科卒業後、広告代理店に勤務。2015年に『屋上のウインドノーツ』（「ウインドノーツ」を改題）で第22回松本清張賞を、『ヒトリコ』で第16回小学館文庫小説賞を受賞。'16年に『タスキメシ』が第62回青少年読書感想文全国コンクール高等学校部門課題図書となる。青春小説の旗手として多くの支持を得ている。その他の著書に『競歩王』『世界の美しさを思い知れ』『モノクロの夏に帰る』『転職の魔王様』『青春をクビになって』『タスキ彼方』などがある。

鳥人王《ちょうじんおう》

2024年２月29日　初版１刷発行

著　者　額賀《ぬかが》 澪《みお》
発行者　三宅貴久
発行所　株式会社 光文社
〒112-8011　東京都文京区音羽1-16-6
電話　編　集　部　03-5395-8254
書籍販売部　03-5395-8116
業　務　部　03-5395-8125
URL　光　文　社　https://www.kobunsha.com/

組　版　萩原印刷
印刷所　新藤慶昌堂
製本所　ナショナル製本

ISBN978-4-334-10229-6